MAGDA TADROS

L'ARCHITECTE DU PHARAON
2. La femme roi

D1347616

MAGDA TADROS

Magda Tadros est née au Caire en Égypte. Elle émigre avec sa famille au Canada en 1966.

Sa vie professionnelle se déroule respectivement dans les domaines des ressources humaines et de la politique. Au début des années 1990, elle s'implique activement dans la bataille sur la réforme de la *Loi du droit d'auteur* et, après avoir été candidate officielle du Parti Libéral du Canada à l'élection générale de 1993, elle poursuit cette tâche particulière auprès du ministre du Patrimoine canadien. De retour à Montréal, elle devient la directrice générale de la maison d'édition Pierre Tisseyre. C'est là qu'elle redécouvre son besoin d'écrire pour les jeunes.

Son premier roman, *Tiyi, princesse d'Égypte*, est publié dans la collection Atout. Quatre autres romans suivront : *Alexandre le Grand et Sutifer, Sémiramis, la conquérante* et *L'Architecte du pharaon*, tomes 1 et 2.

À Suzette,
ma maman que j'aime.

PERSONNAGES

Réels:

Ahmès: grande épouse royale de Thout-môsis Ier.

Hapouseneb: vizir et grand-prêtre d'Amon, du temps de Hatchepsout.

Hatchepsout: reine, régente, puis pharaon d'Égypte.

Inéni: grand architecte et orfèvre de Thout-môsis Ier.

Isis: deuxième épouse de Thoutmôsis II et mère de Thoutmôsis III.

Mérytrê-Hatchepsout: deuxième fille de Hatchepsout et de Thoutmôsis II.

Moutnéférèt: deuxième épouse de Thout-môsis Ier, mère de Thoutmôsis II.

Néférourê: première fille de Hatchepsout et de Thoutmôsis II.

Nehesy: chancelier de Hatchepsout.

Ousèramon: grand vizir, intronisé par Hatchepsout.

Païry: frère puîné de Senenmout.

Paréhou: roi de Pount.

Pen-Nekhbet: grand intendant de Thout-môsis Ier.

Pouymrê : deuxième prophète d'Amon et deuxième architecte de Hatchepsout.

Sat-Rê : nourrice de Hatchepsout.

Senenmout : le « frère de la mère », favori de Hatchepsout, grand architecte d'Égypte, trésorier de Basse-Égypte, ami unique, grand intendant de l'épouse royale, grand intendant de la fille du roi, chambellan et directeur de tous les services divins, grand intendant de l'épouse du dieu, prince héréditaire.

Thoutiy : contremaître des travaux de *Djéser-djésérou*.

Thoutmôsis II (Âa-Khéper-en-Rê) : pharaon d'Égypte, fils de Thoutmôsis Ier, demi-frère de Hatchepsout.

Thoutmôsis III (Menkhéperrê) : pharaon d'Égypte, fils de Thoutmôsis II et de sa deuxième épouse, Isis.

Fictifs :

Hanié : servante nubienne de Hatchepsout.

Sémèntiou : caravanier.

CARTE DE L'EXPÉDITION VERS POUNT

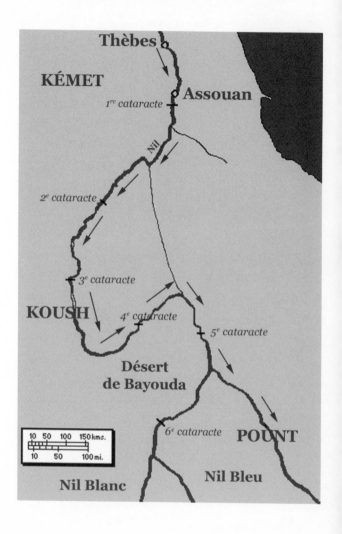

Première partie

SENENMOUT

« *Louanges à Amon pour la vie du roi,*
Hatchepsout-Maâtkarê,
par le prince héréditaire, le noble,
l'intendant d'Amon, Senenmout,
en accord avec la faveur du roi qui a bien voulu
laisser son serviteur établir son nom sur chaque mur,
à la suite de celui du roi au Djéser-djésérou,
et aussi dans les temples des dieux de
Haute et Basse-Égypte.
Ainsi parla le roi. »

Inscriptions sur les murs de Deir el-Bahari.

1

LE TEMPLE D'UN
« MILLION D'ANNÉES »

La saison chaude avançait à grands pas et l'on pouvait voir sur l'eau brune du fleuve, qui tenait sa couleur du riche limon qu'il transportait des confins de sa source, tel un essaim de papillons blancs, des centaines de barques à voile valsant nonchalamment sous la poussée du vent. Outre les embarcations, s'agitaient à la surface de l'eau crocodiles, hippopotames, canards, hérons, aigrettes et batraciens qui se côtoyaient effrontément. Les harmonies et les discordances de Thèbes la Puissante en perpétuel mouvement s'y reflétaient comme dans un miroir.

Le pays formé de la Haute et de la Basse-Égypte vivait une époque de prospérité. On pouvait le constater au cœur de la cité où les ateliers des artistes se réveillaient d'un long sommeil; dans le port, par le va-et-vient incessant des débardeurs dont les corps musclés luisaient de sueur; sur la grande place du marché dont les éventaires regorgeaient de marchandises et dans les échoppes où les artisans s'activaient à produire et à vendre leurs articles à une clientèle en veine d'achat.

Le pharaon Thoutmôsis Ier, mort depuis quelques années, avait légué à ses héritiers et à son peuple une *Kémet* où il faisait bon vivre. Deux interventions guerrières en Nubie, la province la plus récalcitrante au pouvoir du pharaon, lui permirent de garder ce territoire au sein de l'Égypte, et l'or, principale source de richesse de cette province, continuait d'affluer.

Chaque année, à l'époque de la crue qui permettait aux bateaux de passer par-dessus les cataractes lorsque les eaux du fleuve se gonflaient, le pharaon Thoutmôsis-II-Âa-Khéper-en-Rê envoyait ses émissaires percevoir les impôts et récolter l'or qui avait été extrait des mines. On pouvait alors voir les embarcations chargées remonter le Nil vers le trésor royal où le précieux métal était entreposé.

Au palais et dans le royaume, la grande épouse royale Hatchepsout asseyait tranquillement son pouvoir auprès de son époux, qui se trouvait bien aise de lui abandonner les affaires du pays et contribuait, de temps à autre, à des nominations de hauts personnages selon ses recommandations.

Le couple royal avait été passablement déçu par la naissance de leur deuxième enfant, une autre fille, surtout pour Hatchepsout qui avait fortement espéré concevoir un garçon. Cela ne les empêcha pourtant pas d'avoir beaucoup d'amour pour les deux princesses, Néférourê et Mérytrê-Hatchepsout.

Celles-ci, belles et enjouées, vivaient une enfance heureuse auprès d'une mère aimante, d'un père attentif et d'un père nourricier, Senenmout, grand favori du couple royal, qui ne ratait jamais l'occasion de les combler de ses bienfaits et pour qui elles avaient une tendre affection.

Isis, la seconde épouse royale, était maintenant bien implantée au palais. On pouvait la voir souvent se promener avec son fils, le petit prince, et Moutnéférèt, la mère du roi. Les deux femmes, qui vivaient dans le harem du palais, formaient un clan à part, et bien qu'elles dussent obéissance et respect à la grande épouse royale, elles se faisaient fort de posséder ce que Hatchepsout n'avait pu donner à la couronne : un héritier mâle…

Cette dernière persistait à ignorer la présence de ce petit être et à agir comme s'il n'existait pas.

Dans les jardins du palais où les sycomores à riche frondaison, les palmiers, les
banians aux racines aériennes et les saules
pleureurs apportaient leur ombre bienfai-
sante, les jardiniers s'affairaient à nettoyer
les allées et à tailler les arbustes. Comme tous
les matins de la saison chaude, ils virent
Hatchepsout sous la tonnelle qui surplom-
bait l'étang où s'ébrouaient cygnes, canards
et poissons. Ce jour-là, elle semblait rêveuse
et prenait plaisir à voir les canetons se dis-
puter les miettes de pain qu'elle leur lançait.
Une carpe sauta hors de l'eau, faisant gicler
des gouttelettes irisées.

C'est alors qu'elle aperçut, venant dans
sa direction, le beau et élégant Senenmout,
qui tenait par la main les deux petites princesses. En voyant leur mère, celles-ci couru-
rent vers elle en poussant des cris de joie.

Après les salutations matinales, Hatchepsout embrassa ses filles puis posa sur
Senenmout un regard chaleureux.

Celui-ci avait atteint une des places les
plus éminentes auprès du couple royal.
Thoutmôsis II l'avait honoré du titre de
grand intendant de la maison royale et juge
du pays. Ce jour-là, il portait l'habit qui le

différenciait des autres hauts personnages de l'entourage du pharaon, une jupe qui allait de ses aisselles jusqu'à ses pieds, gonflée sur la poitrine et retenue autour du cou par le *shenpou*, le collier de la distinction suprême et unique. Faisant ressortir la brillance de ses yeux couleur d'obsidienne, il portait sur son crâne rasé une perruque dont les cheveux noirs étaient coupés au ras de la nuque et qu'un anneau d'or lui encerclant le haut de la tête enjolivait.

Il se prosterna devant sa reine et, levant la tête, s'émerveilla de l'éclat des yeux noisette. Ils se regardèrent quelques instants en silence, puis la reine demanda :

— Explique-moi ce phénomène, Senmout !

— Majesté ?

— Être à tes côtés et pouvoir te regarder est pour moi une joie de tous les instants…

— Majesté ! Vous me comblez d'un bonheur inestimable ! Me permettez-vous à mon tour de vous dire que vous êtes la source de mon inspiration, la nourriture de mon être et, tout autant, l'air que je respire et qui me fait vivre !

— Oui, je te le permets, même si ce n'est pas la première fois que tu me le dis !

Ils éclatèrent de rire, au grand plaisir des enfants qu'ils prirent chacun par la main, et se dirigèrent vers l'embarcadère où les attendaient les trois princes : Hapouseneb, premier prêtre d'Amon-Râ, Nehesy, chancelier de la couronne, et Pouymrê, deuxième prêtre d'Amon et second architecte qui travaillait sous l'autorité de Senenmout. Le grand Inéni aussi était au rendez-vous malgré son âge avancé. Sur ces entrefaites, le pharaon arriva pour se joindre à l'expédition.

Tout le monde se retrouva avec des exclamations de joie. Aujourd'hui était une journée spéciale. La promenade promettait d'être des plus agréables. Les occasions de se distraire ensemble étaient rares pour le petit groupe proche de la grande épouse royale. Ils montèrent dans l'embarcation apprêtée depuis l'aube et s'installèrent confortablement en se faisant servir des rafraîchissements.

Le batelier en chef donna un ordre bref et l'on vit la grand-voile se déployer lentement. Puis, la cange royale se faufila en louvoyant parmi les innombrables barques qui sillonnaient l'eau brune.

C'était une matinée radieuse et dans le ciel printanier d'un bleu profond, les hirondelles piaillaient en filant les unes derrière les autres. Plus haut, tournoyant dans la profondeur de l'azur, un milan les observait d'un œil farouche. L'auvent du dais était resté ouvert et, à moitié couchée, le coude appuyé sur une multitude de coussins brodés de fils d'or, Hatchepsout laissait les rayons du soleil réchauffer son visage et la peau nue de ses bras.

Elle rayonnait d'un bonheur indicible et ses amis ne pouvaient que l'adorer.

— Alors, dit-elle de sa voix profonde et mesurée, où en est-on avec les divers travaux de construction que j'ai commandés ?

— Ils avancent lentement mais sûrement, Majesté ! répondit Senenmout. Pouymrê est revenu hier du sud où il surveillait la taille des deux obélisques…

— Effectivement, renchérit ce dernier, je peux vous assurer que les aiguilles[1] ont été taillées dans la partie la plus belle de la carrière de calcaire et qu'elles seront prêtes à être détachées sous peu. Aussi ai-je demandé à Senmout d'affréter la péniche afin que le transport puisse se faire au moment de l'inondation[2].

1. Aiguille : autre nom donné aux obélisques.
2. Inondation : il s'agit de la crue du Nil qui se produisait une fois l'an. Les mines de calcaire étant situées au sud des cataractes du Nil, il fallait attendre la montée des eaux pour faire passer les bateaux.

— Merci, Pouymrê. Je suis certaine que le travail sera bien fait sous tes bons soins. Et qui s'occupe du petit sanctuaire à l'arrière du Grand Temple?

— C'est moi, Majesté! dit Inéni. Vous savez que je me fais vieux et que je préfère ne pas trop me déplacer sur de longues distances. J'ai donc choisi de m'occuper de ce projet dont le chantier est situé près de ma demeure. Je peux en tout cas vous dire qu'il sera très beau, mais il reste encore beaucoup de travail à accomplir. Enfin, sachez que Hapouseneb me donne un très bon coup de main pour la surveillance des travaux.

Hapouseneb prit la parole:

— En effet! J'y vais dès que mon travail au temple me laisse un peu de temps libre et je peux vous assurer, Majesté, qu'Inéni est en train de réaliser un projet hors du commun: ce sanctuaire sera un chef-d'œuvre!

— Merci, mes amis. Je vous dois tout ce que j'ai et ce n'est pas peu dire!

Puis, se tournant de nouveau vers Senenmout, elle demanda:

— Et ma maison d'éternité?

— De ce côté aussi, tout va bien, répondit celui-ci. Je m'occupe personnellement de ce projet, ainsi que de la demeure d'éternité de Pharaon. D'ailleurs, j'espère vous y emmener un jour pour que vous puissiez constater l'avancement des travaux par vous-même.

La reine et le roi acquiescèrent d'un hochement de tête.

— Et pour mon temple d'un « million d'années » ? s'enquit-elle ensuite.

— L'extérieur est en voie d'être terminé. Les statues qui vous représentent sont sculptées dans les ateliers des artistes et je pense qu'elles seront prêtes à être installées vers la fin de la saison chaude. Pour ce qui est de l'intérieur, une première partie est déjà creusée et on peut commencer à voir ce que les colonnes vont donner pour l'ensemble du temple.

Un petit silence s'installa. Hatchepsout semblait évaluer le rapport qu'on lui faisait...

— Je crois, Majesté, dit Senenmout en reprenant la parole, que vous serez agréablement surprise tout à l'heure, car Thoutiy, le contremaître chargé de l'exécution des travaux, est un grand artisan. Il est consciencieux et s'acquitte de ses tâches avec savoir. C'est un homme juste et bon, et les ouvriers, les maçons, les artistes, enfin tous ceux qui travaillent avec lui, le vénèrent.

— J'aurai donc l'occasion de le connaître aujourd'hui ?

— Oui, Majesté, il est toujours présent sur le chantier, et ce matin, vous serez accueillie par une importante délégation !

— Qui donc ?

— Le maire de Thèbes, celui de Louxor et certains dignitaires de votre entourage… Mais nous sommes presque arrivés et je préfère réserver mes commentaires pour répondre à vos questions quand nous serons sur place.

Comme pour lui donner raison, le vaisseau bifurqua en direction de la rive et le batelier en descendit pour l'amarrer. La passerelle fut tirée vers le quai.

Thoutmôsis tendit la main à la reine, Senenmout prit Mérytrê-Hatchepsout dans ses bras tandis que Hapouseneb attrapa la main de Néférourê pour l'aider à descendre.

Sur la rive, les notables se prosternèrent aux pieds du couple royal.

Senenmout pria Thoutiy de s'avancer et le présenta aux souverains.

La reine le salua gracieusement et eut quelques bons mots pour lui :

— Senenmout me dit que vous êtes un contremaître émérite et que les ouvriers se plaisent à travailler sous vos ordres. Je vous suis reconnaissante pour le bon travail que vous faites !

Thoutmôsis se joignit à la reine pour approuver son commentaire d'un hochement de tête. Puis, la délégation se dirigea vers l'intérieur des terres. Soudain, se déploya devant leurs yeux un tableau fantastique et Hatchepsout ne put retenir une exclamation d'admiration devant la vision qui s'offrait à elle.

Dans un immense nuage de poussière provoqué par le travail de centaines d'ouvriers piétinant le sable, ils purent apercevoir, faisant corps avec le décor naturel et enveloppé par le cirque montagneux, le temple fait de trois imposantes rangées de colonnes en calcaire qui s'alignaient le long de la falaise. Une longue volée de marches reliait les paliers, ce qui donnait une allure tout à la fois dynamique et éthérée à la construction dominée par la cime thébaine.

Ils restèrent figés devant tant de beauté et Hatchepsout ne put retenir quelques larmes d'émotion.

— C'est une splendeur! dit-elle enfin. *« Rien de semblable n'a jamais été fait depuis le temps des dieux*[1]. »

Sans pouvoir détacher son regard du temple, suivie de ses proches et des notables,

1. Inscription sur les murs de Deir el-Bahari.

elle avança au cœur du chantier, qui, malgré le bruit provoqué par le martèlement des pics et des marteaux, baignait dans une atmosphère d'harmonie sans doute due à l'efficacité et au savoir-faire du contre-maître.

La reine releva le bas de sa robe pour gravir les innombrables marches. À l'intérieur du temple, des milliers et des milliers de bougies et de lampes à huile illuminaient les colonnes qui formaient le péristyle. Creusées à même le roc, elles s'élançaient, aériennes, vers le plafond.

Juchés sur des échafaudages, les sculpteurs taillaient, à petits coups de maillets qui résonnaient sous la voûte, les fleurs de lotus coiffant les chapiteaux.

S'adressant au couple royal, Senenmout expliqua :

— L'intérieur est loin d'être terminé, nous n'en sommes qu'au tout début du creusement. Nous planifions une forêt de colonnes et une fois qu'elles seront découpées dans le roc, nous pourrons commencer les sculptures qui les orneront ainsi que les fresques qui seront gravées sur les murs. Il reste encore à creuser les deux naos qui se trouveront au fond du temple et dans lesquels vos statues seront exposées...

Hatchepsout ne contenait plus son ravissement et, rayonnante, elle se pencha vers le grand intendant pour lui exprimer son contentement :

— Mon fidèle ami, dit-elle à son oreille pour couvrir le bruit qui les entourait, je te remercie pour toutes ces joies que tu me donnes !

Leurs yeux se croisèrent et Senenmout, le cœur battant, ne put que soupirer, car la présence si proche de sa reine qu'il ne pouvait toucher, le mettait à la torture.

Lorsque enfin ils sortirent de la pénombre, le soleil maintenant haut dans le ciel les aveugla. Ils portèrent tous la main à leur front pour protéger leurs yeux de la luminosité éclatante qui se réverbérait sur le sable chaud.

Tout en devisant et en s'exclamant sur ce qu'ils venaient de voir, ils redescendirent les marches du monumental escalier pour regagner leurs embarcations.

Avant que la vision ne disparaisse en arrière des collines de sable, Hatchepsout se retourna pour contempler de nouveau l'œuvre de Senenmout, qu'au fond de son être elle surnommait le «bien-aimé», et qu'il avait créée pour elle. Dans un souffle, elle murmura :

— *Djéser-djésérou*! «La splendeur des splendeurs!»

Tellement heureux que son cœur fut près d'exploser, Senenmout s'exclama:

— Ainsi nous l'appellerons!

2

QUAND LE DESTIN FRAPPE...

Quelques jours plus tard, Hatchepsout décida d'aller en ville avec Ahmès. Elles commencèrent par faire leur dévotion au dieu primordial Amon-Râ et, en sortant du temple de Karnak, se dirigèrent vers l'embarcadère pour aller à la rencontre des petites princesses accompagnées de leurs nourrices. Hatchepsout leur ouvrit les bras sous les regards attendris d'Ahmès et des badauds alentour. Puis, une fois les baisers distribués, elles s'orientèrent vers le marché à la recherche de tissus chatoyants, de bijoux et de certains onguents qu'elles utilisaient pour leur toilette.

Les gens, réjouis de voir la famille royale se promener parmi eux, se prosternaient à leur passage avec adoration. Lors de ces promenades, il arrivait parfois que la jeune souveraine se penche sur un enfant et lui adresse la parole en posant la main sur sa tête. Ces instants rares et précieux qu'elle accordait à son peuple étaient inestimables pour les Égyptiens.

Sous les auvents qui avaient été dressés pour protéger la foule des ardeurs du soleil, une formidable activité se déployait sur la grande place. Titillée par une forte odeur d'épices mêlée à des senteurs de fleurs, de parfums et d'onguents, Hatchepsout respira à pleins poumons en s'exclamant:

— Que j'aime ces odeurs de mon pays!

La petite Néférourê approuva en agitant la tête et en babillant:

— Moi aussi! Aime beaucoup!

Ce qui fit rire tout le monde.

C'est dans un esprit de liberté et de joie intense que la reine mère, sa fille et ses petites-filles déambulèrent au milieu des étals. Elles firent d'innombrables achats alors que la journée avançait tranquillement. Puis, lasses et fatiguées d'avoir trop marché, elles se décidèrent à rentrer.

Dès qu'elles mirent le pied sur le débarcadère du palais, elles comprirent que quelque chose de grave s'était produit pendant leur absence. De loin, elles entendaient les pleureuses se lamenter en invoquant Anubis, le dieu de la Mort.

Senenmout venait vers elles en courant. Le cœur de Hatchepsout se serra dans sa poitrine et lorsque le grand intendant se trouva face à elle, elle se figea devant son air grave et effaré.

— Mais que?... réussit-elle à souffler enfin. Quoi? Qu'est-ce qui se passe?

Elle se retourna vers sa mère qui, elle aussi, regardait Senenmout d'un air interrogateur et angoissé.

— Majesté! Pharaon a eu un accident de chasse! Il est au plus mal! Les *sinous* sont à son chevet et prétendent qu'il n'en a plus pour très longtemps!

Hatchepsout sentit le sol se dérober sous ses pieds. Elle faillit tomber et, perdant toute retenue, Senenmout lui prit le bras afin qu'elle retrouve son équilibre.

Alors que les servantes emmenaient les enfants vers la nourricerie pour les empêcher de vivre ces moments dramatiques, la reine et le grand intendant se mirent à courir par les jardins, suivis d'Ahmès qui avançait du plus vite qu'elle le pouvait.

Une vision de mort les prit à la gorge dès qu'ils entrèrent dans la chambre du moribond. Thoutmôsis gisait sur son lit en gémissant, le visage et le corps déchiquetés et ensanglantés, lacérés par les griffes d'un lion du désert. Autour du lit, sa mère, Moutnéférèt, et Isis, sa seconde épouse, pleuraient à chaudes larmes. Ses compagnons de

chasse se tenaient prostrés, tristes et malheu-
reux au fond de la chambre funèbre.

Hatchepsout poussa un cri d'horreur. Elle
se jeta à son chevet et cria :

— Pourquoi ? Pourquoi as-tu fait ça ?

Ce frère, cet époux qu'elle avait eu tant
de mal à accepter dans sa vie de femme et
qu'avec le temps elle avait su s'attacher par
une tendre et fraternelle affection, cet homme,
ce pharaon, se mourait sans qu'elle puisse
rien y faire.

Hatchepsout laissa la peine s'installer
dans son corps.

Thoutmôsis ouvrit lentement les yeux et
vit se pencher sur lui le beau visage inondé
de larmes de l'épouse royale. Il tenta de
sourire, mais la douleur le fit grimacer et il
émit un gémissement.

— Ne dis rien, repose-toi, lui conseilla
Hatchepsout d'une voix étranglée.

Mais le roi avait une mission à accomplir
avant de partir. Il déglutit douloureusement
et murmura :

— Faites venir les ministres et les scri-
bes…

Hapouseneb se dépêcha d'aller les quérir.
Ils ne tardèrent pas à arriver et emplirent la
salle du froissement de leurs habits de soie
en se prosternant devant leur pharaon.

Le roi demanda à Hatchepsout de lui prendre la main. Toujours agenouillée devant lui, elle se saisit délicatement de ses doigts. Dans un souffle presque inaudible, Thoutmôsis proclama :

— Je veux que mon épouse Hatchepsout soit la régente du pays et s'occupe de l'éducation de mon fils, Menkhéperrê, jusqu'à ce qu'il atteigne l'âge de tenir la crosse et le fléau. Alors, elle lui cédera le trône et restera à ses côtés pour le guider et le conseiller !

Puis, regardant Hatchepsout, il ajouta :

— Je confie la Grande Égypte à ta force et à ton intelligence !

Trop émue pour parler, elle hocha la tête en signe d'acceptation.

Épuisé, le roi ferma les yeux. Une accalmie survint dans la chambre. Pendant un instant, on crut qu'il était parti rejoindre les dieux, mais il eut un sursaut et serrant la main de Hatchepsout qu'il tenait encore, il dit :

— Mon tombeau est inachevé ! Il va falloir le compléter avant la fin de mon embaumement...

— Ne t'inquiète pas, Thoutmôsis ! Je m'en occuperai, reste calme...

Hatchepsout céda sa place aux *sinous* qui tentèrent tant bien que mal de soulager le mourant en lui faisant avaler, à petites doses, des décoctions de plantes calmantes sans réussir à atténuer ses souffrances. Une plainte continuelle s'enfuyait de sa gorge et emplissait les lieux pour atteindre le cœur brisé de l'assistance.

Soudain, un silence pesant s'abattit, traversé sporadiquement par les pleurs des femmes qui avaient gravité autour de lui dans sa vie, et l'on comprit que l'inertie gagnait peu à peu le corps sanguinolent du roi. Dans un dernier râle, son âme s'évada vers l'astre céleste.

Thoutmôsis-Âa-Khéper-en-Rê venait de mourir sans que quiconque ait pu prédire qu'il s'en serait allé vers la vie éternelle de façon aussi brutale. Il était parti à la rencontre de la déesse Mâat, qui l'attendait de l'autre côté de la rive, tenant dans sa main la plume pour la pesée du cœur.

Le palais tomba dans un état d'atonie dont seul le temps le sortirait.

Cela faisait quelques jours que le corps de Thoutmôsis II se trouvait entre les mains des embaumeurs, mais le palais continuait à vivre dans le silence. Ses habitants endeuillés marchaient à pas feutrés avec l'étrange impression que le moindre bruit réveillerait le pharaon défunt de son sommeil éternel.

Puis, comme un intrus venant déranger l'atmosphère de recueillement, le khamsin[1] s'annonça. Par-delà les rideaux fermés, la terre se souleva d'abord en petits tourbillons qui, ensuite, s'intensifièrent et prirent la force d'une tempête. Pendant quatre jours et quatre nuits, le vent souffla et siffla, projetant des trombes de sable qui s'infiltrait dans les plus infimes interstices, dans les yeux, dans les oreilles et dans tous les orifices du visage, dans tous les recoins du palais, s'amassant en tas que les serviteurs s'efforçaient de balayer et qui se reformaient aussitôt. Tout le monde se terra à l'intérieur des maisons dont les volets restèrent ostensiblement clos.

Puis, lentement, comme elle était venue, la tempête s'éloigna pour aller accabler d'autres lieux. Le climat revint tranquillement à la normale et l'on put recommencer à respirer. Ce fut comme un signal, une sorte de renaissance. Dans les cuisines et les couloirs du palais, on entendit des rires fuser.

1. Khamsin : en Égypte, vent de sable analogue au sirocco.

○

Ce soir-là, la chambre de Hatchepsout baignait dans une aura de sérénité. Les mèches des lampes à huile grésillaient doucement et Sat-Rê, peigne en or à la main, coiffait cette longue chevelure que la reine camouflait sous des perruques ou des couronnes.

— Il faut que je prenne une décision rapide, dit la reine. La situation ne peut rester indéfiniment telle qu'elle est, surtout après la promesse que j'ai faite à Thoutmôsis au moment de sa mort. Hapouseneb m'a conseillé de faire un geste concret au sujet de Menkhéperrê pour donner satisfaction au peuple et surtout à son clan qui commence à s'énerver et qui essaye de se soulever contre moi.

— Et que comptes-tu faire?

— Je ne sais pas encore… Je vais en discuter avec Senmout et Hapouseneb demain, dès la première heure.

— C'est bien, dit la nourrice, je te laisse te reposer maintenant.

Quand Hatchepsout s'étendit sur sa couche, elle se tourna et se retourna sans pouvoir trouver le sommeil. Des images incongrues de renversement de pouvoir venaient hanter son imagination: elle voyait le clan de sa rivale, Isis, fomenter un coup d'État pour lui retirer la régence.

De guerre lasse, elle se leva et s'appuya à la fenêtre.

Dehors, la lune commençait son nouveau cycle. Le croissant scintillait au milieu d'un firmament parsemé de millions d'étoiles. Du jardin montait vers elle la fragrance enivrante des roses, des gardénias et des mimosas accompagnée de la rengaine séculaire des cigales, des grillons, des crapauds et des grenouilles qui s'agitaient près des étangs.

Elle sentit son cœur s'effilocher et des larmes amères coulèrent sur ses joues. Un besoin impératif de compagnie l'envahit. Ne pouvant résister à l'appel qui montait en elle comme un scarabée effarouché, elle jeta une cape sur ses épaules nues et sortit du palais.

Dissimulant son étonnement, le garde à sa porte se prosterna sans un mot et la laissa passer.

Elle courut dans les jardins qui ne lui avaient jamais paru aussi grands et inter-minables à franchir. Puis soudain, avec un choc au cœur, elle se trouva face à la porte entrouverte de la demeure de Senenmout. Plongée dans la noirceur, la maisonnée dormait paisiblement. Peu habituée à ne pas être accueillie par une nuée de serviteurs et de suivantes, elle tournoya sur elle-même, indécise et dépaysée. Réalisant que sa démarche intempestive était une pure folie, elle recula d'un pas.

Son cœur cognait comme un tambour dans le fond de son estomac. Elle décida de repartir lorsque soudain elle se sentit happée par deux bras qui la serraient à l'étouffer.

— Ma reine, entendit-elle dans ses oreilles qui bourdonnaient. Ma reine bien-aimée!

De peur ou de joie, sans trop savoir ce qui lui arrivait, elle flancha. S'accrochant désespérément aux épaules de Senenmout, tous les sens en éveil, la gorge serrée, elle s'entendit dire:

— Aime-moi, Senmout, aime-moi! Et que le dieu Amon-Râ m'absolve!

L'homme la souleva dans ses bras et la porta dans sa chambre…

3

LE «FILS DU SOLEIL»

L'échassier entra dans son champ de vision. Son réflexe fut immédiat, les muscles de ses bras se tendirent et la flèche se détacha de l'arc en sifflant pour atteindre la cible presque instantanément. L'ibis en plein vol piqua du nez et s'écrasa sur le sol avec un bruit mat.

— Magnifique! s'exclama Hapouseneb, vous n'avez rien perdu de votre dextérité, Majesté!

— En effet, mon ami, cela faisait longtemps que je n'avais pas chassé et je craignais d'en avoir oublié les rudiments.

— Impossible! dit Senenmout. C'est comme l'amour, quand vous l'avez connu, vous ne pouvez en oublier la saveur…

Cela faisait plusieurs jours que Hatchepsout gardait ses distances avec le grand intendant qui, souffrant mille morts, ne savait que penser de cet éloignement après la brûlante nuit passée dans les bras de sa bien-aimée.

Elle lui adressa un regard en coin et, d'une voix mal assurée, lança:

— Tu es sentimental ce matin, Senmout!

Il se courba devant elle sans répliquer, mais leurs regards se croisèrent avec une telle intensité que Hapouseneb se sentit soudain de trop. Il leur tourna le dos pour aller ramasser le gibier.

Hatchepsout s'approcha de Senenmout presque à l'en frôler. Une décharge électrique secoua son corps et son cœur trembla:

— Majesté! murmura-t-il le souffle court, ne jouez pas avec mes sentiments! Voilà des jours et des jours que vous m'ignorez!

— Je ne joue pas, Senmout, et je ne t'ignore pas! Bien au contraire, je réfléchis. Ce qui nous unit ne peut être révélé aux yeux des autres et je trouve dangereux de continuer dans cette voie.

Le cœur au désespoir, Senenmout sentit des larmes affluer à ses yeux.

Attendrie, elle reprit:

— Cela ne change rien à ce que je ressens pour toi, Senmout. Et sache que je n'appartiendrai à personne d'autre qu'à toi!

— Il n'y a que moi qui vous appartienne, Majesté! Vous, vous appartenez à votre pays! Cependant, vous êtes aussi la toute-puissance, vous seule pouvez choisir et décider... Moi, je suis votre humble esclave pour l'éternité!

Ils étaient si proches qu'ils n'avaient qu'un tout petit geste à faire pour se fondre l'un à l'autre, mais ils restèrent là sans bouger, à se dévisager jusqu'à ce que Hapouseneb, lassé de faire semblant de ne rien voir, retournât vers eux en agitant sa proie.

— Un gros et bel ibis qui, bien apprêté, fera un mets succulent ce soir! cria-t-il presque pour les ramener à la réalité.

La reine et son intendant furent brusquement tirés de leur élan amoureux et l'euphorie du moment se dissipa. Une soudaine mélancolie s'empara de Hatchepsout qui perdit toute envie de chasser. Sentant des larmes de dépit lui monter aux yeux, elle donna le signal du retour.

C'était l'heure la plus chaude de la journée, celle où tout le monde se protégeait de l'ardeur du soleil pour prendre un peu de repos avant la reprise des activités de l'après-midi. Râ était à son zénith et la terre surchauffée envoyait des signaux de détresse. Dans les rues de la ville, les ombres étaient réduites à leur plus simple expression, même les rats se terraient. Tout était figé dans l'immobilité, comme dans l'attente d'un cataclysme.

On aurait pu se croire dans une cité fantôme.

Quelques instants auparavant, Senenmout avait quitté la reine à la porte de ses appartements où, après leur matinée de chasse, elle rentrait se restaurer. Ruisselant de sueur, il allait tel un chien errant dans cette pénible canicule, en traînant sa douleur comme une charge trop lourde à porter !

Ne lui avait-elle pas fait comprendre qu'il ne pourrait plus jamais la tenir dans ses bras de nouveau…

Les jambes lourdes, il se dirigea vers le fleuve où il trouva un passeur qui, caché sous l'embarcadère pour se protéger des rayons brûlants de l'astre solaire, se leva en rechignant. Dans la barque qui le ramenait, le jeune homme put offrir à son cœur torturé quelques instants de répit.

Parvenu de l'autre côté de la rive, sans un mot, il s'en fut vers sa maison. Là, son frère Païry le reçut avec soulagement après s'être inquiété de son absence.

D'un signe de la main, Senenmout lui demanda de se taire et alla s'enfermer dans sa chambre. Il se déshabilla en vitesse et s'écrasa tout nu sur son lit, laissant l'affliction prendre possession de son être.

Au même moment, dans ses appartements, rideaux bien tirés pour ne pas laisser
entrer la chaleur, Hatchepsout ordonna qu'on
lui prépare un bain tiède dans lequel elle se
plongea pour rafraîchir sa peau brûlante.
Allongée dans la bassine, les yeux clos, elle
se demandait quelle pouvait bien être la raison de cette impression de suffocation qu'elle
éprouvait depuis que Senenmout l'avait
quittée pour se rendre à Thèbes. Chaque fois
que sa pensée s'envolait vers lui, son cœur
voulait s'arrêter de battre et elle se sentait
ramollir de la tête aux pieds.

Que faisait-il en ce moment précis, dans
cette chaleur infernale, alors que tout son être
et son âme souhaitaient sa présence à ses
côtés ? Et pourquoi fallait-il qu'elle et lui ne
puissent s'aimer sans que cela porte à con-
séquence ?

« Vous êtes aussi la toute-puissance, vous
seule pouvez choisir et décider… » avait-il
dit ce matin à la chasse. Elle se concentra très
fort sur ces paroles sibyllines et leur sens se
révéla soudain dans une lumière aveuglante.
Elle bondit frénétiquement hors de sa bassine
en éclaboussant tout sur son passage, puis

appela sa servante Hanié pour se faire habiller à la hâte.

La jeune Nubienne n'y comprenait rien, mais elle obéit sans dire un mot et, d'un air ébahi, vit sa maîtresse s'enfuir par les jardins du palais.

En sortant, Hatchepsout fut saisie par la chaleur, mais elle n'y fit pas attention. Elle se mit à courir dans les allées d'arbres, dont les feuilles assoiffées pendouillaient mollement, et se retrouva en peu de temps devant la demeure de Senenmout. Elle cogna contre la porte-fenêtre de sa chambre avec frénésie.

Étonné d'entendre frapper de la sorte à sa fenêtre, Senenmout se couvrit d'un pagne et alla ouvrir.

Hatchepsout se trouvait devant lui, tout en émoi, le visage rouge d'avoir couru, les cheveux défaits et le regard hagard.

À sa vue, il eut un coup au cœur et son sang ne fit qu'un tour. Il la tira vers l'intérieur, referma les volets et la prit fougueusement dans ses bras, la gardant serrée contre sa poitrine jusqu'au moment précis où leurs bouches s'atteignirent dans une joie tellement fulgurante qu'ils en crièrent presque de bonheur…

Une force nouvelle s'était emparée de Hatchepsout, ce qui la faisait rayonner de tous ses feux. Elle dégageait une aura de plénitude et de bien-être que d'aucuns attribuèrent à quelque chose d'intense qui lui serait arrivé sans pouvoir en deviner la raison. Seul Hapouseneb était dans le secret, mais les trois protagonistes savaient qu'ils ne pourraient le garder bien longtemps. Un jour ou l'autre, tout le monde le connaîtrait, sauf que pour l'heure, les deux amants vivaient intensément la joie et le bonheur de leur amour.

Malgré tout, leur relation était encore récente et une certaine réserve les tenaillait. Lui pensait : « Je ne peux y croire, c'est trop beau ! » Elle se disait : « Comment ai-je pu faire ça ? Mais heureusement que je l'ai fait ! » Dès que leur emploi du temps le permettait, ils se retrouvaient et, éperdus, ils transformaient ces moments en gerbes de lumière.

Alors que le corps du pharaon défunt était encore entre les mains des embaumeurs, Hatchepsout demanda à voir le petit prince,

Menkhéperrê. Elle voulut que cette rencontre se fasse dans les règles de l'art et s'occupa des moindres détails, exigeant que la salle des audiences soit décorée aux couleurs du jeune prince. Des guirlandes la traversaient de part en part et les fenêtres, grandes ouvertes, laissaient passer un vent chaud qui les faisait onduler comme des vagues.

Parée d'une robe vermeille, la régente était assise sur le trône et portait sur sa tête le *némès*, tout en tenant, croisés sur sa poitrine, la crosse et le fléau. Autour d'elle sa cour habituelle, mais aussi les notables qu'elle avait invités. Les maires des villes avoisinantes et certains hauts fonctionnaires du palais s'agitaient en commentant sa décision : « Que lui prenait-il ? Pourquoi cette rencontre inopinée ? À quoi pensait la souveraine ? »

Alors que le moment propice se prêtait admirablement pour placer sur sa tête la double couronne du pharaon, voilà qu'elle se tournait plutôt vers l'enfant de la seconde épouse de Thoutmôsis II, qu'elle avait ignoré jusqu'alors, et lui donnait soudain une importance énorme.

Ayant été préalablement consultés sur la question par la régente, Hapouseneb et Senenmout ne faisaient pas partie de ces papotages ; ils se tenaient à distance des notables et de leurs autres compagnons qui les observaient avec circonspection. C'est à la suite de cette consultation que Hatchepsout avait pris la décision de tenir la promesse faite à son défunt mari de s'occuper du jeune prince. Et bien que cela lui demandât un effort suprême, elle ne pouvait indéfiniment feindre de méconnaître la vérité : Menkhéperrê, le « fils du soleil », étant l'enfant du divin pharaon, elle se devait donc de veiller à son éducation.

Rigide et blême sur le trône, elle regardait d'un œil impavide la porte de la salle s'ouvrir pour laisser passer le jeune prince et ses gens. Le petit garçon s'arrêta au seuil de la grande porte, hésitant et intimidé à la vue de tout ce monde. Sa mère, Isis, qui se tenait en arrière de lui, le poussa dans le dos. Il sembla prendre une grande inspiration et s'avança lentement.

Menkhéperrê était dans sa quatrième année de vie et, pour la première fois depuis sa naissance, Hatchepsout se permit de le regarder longuement et avec acuité. Le petit prince avait des cheveux noirs luisants. Ses grands yeux noirs et graves reflétaient l'effarement, mais dans ses veines royales coulait le sang divin, et malgré une certaine crainte que l'on devinait sur les traits réguliers de son visage, il était bien campé sur ses petites jambes et marchait d'un pas ferme.

Hatchepsout ne put empêcher cette pensée incongrue de lui venir à l'esprit: «Il ressemble à Thoutmôsis mais en plus beau. Pourvu qu'il soit plus intelligent que son pauvre père!»

Elle l'examina de la tête au pied pendant un long moment dans le silence absolu, faisant monter l'angoisse au cœur de la seconde épouse. Puis, un léger sourire apparut sur son visage et elle fit signe au «fils du soleil» de s'approcher:

— Menkhéperrê! Salue ta reine! ordonna-t-elle.

Le petit garçon se prosterna en silence et attendit qu'elle s'adresse à lui.

— Bien, je vois qu'on t'a appris à te tenir. Cela me satisfait! Tu es un grand garçon maintenant et je vais m'occuper de toi. D'abord, tu quitteras le harem et on t'installera au palais dans une chambre auprès de celle des princesses. Tu pourras jouer avec elles autant que tu voudras pendant tes moments de loisir. Mais autrement, tu iras au temple tous les jours pour apprendre à lire et à écrire, puis on t'enseignera tout ce qu'un prince doit savoir pour bien régner. Quand je serai contente de tes progrès, nous pourrons décider de la date de ton couronnement!

Pire que le son du glas, cette annonce fit frémir l'assemblée et ce qui voulait être un murmure s'amplifia et résonna dans l'immense salle.

La reine leva la main et le silence se rétablit.

— Ainsi en ai-je décidé! C'est Senenmout et Hapouseneb qui s'occuperont de toi! Tu peux te retirer maintenant!

L'enfant sortit à reculons comme on le lui avait appris, suivi de sa mère.

Hatchepsout n'avait même pas eu un regard pour la seconde épouse. Mais cette dernière, ne s'attendant pas à ce que la couronne revienne à son fils sans avoir à l'arracher, retrouva une pointe d'arrogance en ébauchant un sourire de satisfaction.

Dès que le petit prince fut sorti de la salle avec sa mère, un tollé de protestation s'éleva. Nehesy, en particulier, ne pouvait plus retenir l'exaspération que la décision de sa reine provoquait en lui. Il s'approcha du trône où celle-ci était assise et, avec une sorte de désespoir, s'écria:

— Majesté! Cet enfant n'est pas le fruit de vos entrailles et ne peut être divin!

— Il l'est par son père, Nehesy!

Prenant une grande inspiration, elle débita tout d'une traite ce qu'elle s'était dit à elle-même pendant les derniers jours, pour se convaincre du bien-fondé de sa décision.

— L'histoire recommence ! Ce n'est qu'aujourd'hui que je comprends les décisions contradictoires de mon père et son efficace stratégie. C'est un homme qu'il faut à la tête du pays et je ne laisserai pas ma fille Néférourê se battre contre le clan de Menkhéperrê plus tard. Mon royaume a besoin de paix et non de dissension pour affirmer son ascendant sur les pays voisins.

Puis, se tournant vers l'assistance, elle ajouta :

— J'entends que vous respectiez ma décision. Menkhéperrê sera le prochain pharaon. Il sera le troisième Thoutmôsis, je veux qu'il en soit ainsi et j'attends que vous fassiez en sorte qu'il devienne un grand roi sous notre égide à tous !

Tout était dit et plus rien ne pouvait être changé.

4

GUERRE EN NUBIE

Les jours passaient et la saison chaude se terminait. Ce matin-là, une réunion avait lieu dans la salle du conseil :

— Chancelier, dit Hatchepsout en s'adressant à Nehesy, quelles sont les nouvelles de la province de Nubie ?

— Mauvaises, Majesté ! Les troubles ont recommencé. Le trépas de Pharaon semble avoir donné un espoir de libération aux Nubiens. Ils pensent que vous, une femme, n'aurez pas la force de les combattre !

— Eh bien ! C'est ce que nous allons voir ! Je veux que d'ici un mois, nous soyons prêts à partir en guerre contre cette racaille, comme disait mon père. Mettez tout en œuvre pour ne pas dépasser ce délai ; je ne veux pas qu'ils aient le temps de s'organiser…

— NOUS, Majesté ? demanda Pouymrê, atterré.

— Oui, NOUS ! Je pars avec les troupes !

— …

— Ne me regardez pas avec ces airs incrédules ! Vous avez bien entendu. Je partirai me battre avec vous! Nehesy, tu as dit que les Nubiens pensent que je suis une faible femme, n'est-ce pas? Eh bien, nous allons les détromper! Je vais leur montrer la force de mon pouvoir et de mon autorité de façon éclatante!

— Majesté! s'exclama Senenmout, inquiet. Vous ne pouvez pas faire ça. Le peuple a besoin de vous!

— Qui a dit que j'abandonnais mon peuple? Bien au contraire, je pars en guerre pour le protéger!

— Et s'il vous arrivait un accident, Majesté?

— Je suis la fille d'Amon-Râ, je suis donc invulnérable!

Hapouseneb fit un geste de protestation:

— Il suffit! dit-elle, agacée. Mettez-vous au travail, nous n'avons plus une minute à perdre! Et puis, j'aimerais ajouter que nous n'avons plus le temps d'attendre pour le couronnement de Menkhéperrê: il nous faudra procéder à celui-ci avant notre départ pour la guerre!

— Majesté... tenta encore une fois Nehesy.

— Arrêtez de m'importuner! Le prince doit être couronné pour ne pas laisser le pays sans roi pendant mon absence. Mais ne nous inquiétons pas trop, car nous serons bien vite revenus.

○

Tandis que les généraux de l'armée préparaient frénétiquement le départ des troupes, au palais, on avait décidé que le couronnement du jeune pharaon se ferait dans l'intimité la plus stricte. La cérémonie se tint donc à huis clos.

Dès que Hatchepsout entra avec Menkhéperrê au cœur du naos, tous deux accompagnés de la famille et des proches, ils entendirent l'oracle parler : « Tu seras sanctifié par les couronnes qui seront sur ta tête et l'uræus sera établi sur ton front. »

Il était dans les usages que l'oracle se prononçât lors du couronnement d'un pharaon. Ainsi, l'assemblée ne manifesta point d'étonnement, comprenant que le choix de la régente de couronner le jeune prince avant son départ était bien la chose à faire.

Lorsque le garçonnet sortit du temple aux côtés de la reine Hatchepsout, avec sur sa tête la couronne pharaonique, il s'appelait désormais Thoutmôsis III-Menkhéperrê.

Derrière eux, les inséparables Moutnéférèt et Isis, grand-mère et mère de l'enfant, laissaient déborder leur bonheur face à ce retournement de situation.

○

La régente Hatchepsout partant à la guerre avec son conseil, elle se devait de faire certaines nominations pour combler les postes laissés vacants pendant leur absence. Elle pensa tout naturellement à Ousèramon, déjà grand vizir de Haute-Égypte, qui lui avait donné des preuves de sa fidélité et qu'elle estimait beaucoup. Elle décida donc de le nommer grand vizir de la Grande Égypte, lui remettant ses pouvoirs en lui recommandant de prendre bien soin du nouveau pharaon.

Tandis que Menkhéperrê prenait le chemin du temple de Karnak où il devait séjourner pour parfaire son éducation, l'armée égyptienne partit à la guerre. Quelques jours auparavant, les escadrons de chars et de cavaliers avaient quitté Thèbes en prenant la route du désert. Le reste des contingents accompagnerait la reine et son escorte par la voie du fleuve pour les retrouver à la frontière de la province de Nubie, sur les rives du Nil.

Hatchepsout assista avec patience à la longue procession de l'infanterie. Quand les deux mille fantassins se furent engouffrés dans les innombrables bateaux amarrés aux quais, elle grimpa à son tour sur la passerelle du vaisseau royal, suivie de près par Senenmout, Hapouseneb, Nehesy et Pen-Nekhbet qui, devenu trop vieux pour combattre, avait tout de même tenu à se joindre à eux pour leur prodiguer ses conseils. Pouymrê, quant à lui, devait rester sur place pour continuer à surveiller les travaux de construction et venir en aide à Ousèramon, en cas de besoin.

Le long cortège de bateaux défila sous les applaudissements du peuple rassemblé sur les rives. Brandissant des feuilles de palmiers, il saluait sa régente qui se tenait fièrement debout à la proue du navire, entourée de ses amis. Puis, l'agitation de la ville fit place au désert. Il ne resta plus à contempler que les arbres plongeant leurs racines dans l'eau et, par-delà leurs cimes, les dunes de sable formant les vagues d'une mer ocre aux courbes ombragées.

Cela faisait deux jours que les bateaux remontaient les eaux du fleuve, se dirigeant vers le sud du pays où se trouvait la Nubie. À l'approche des premières cataractes, ils accostèrent enfin pour rejoindre sur l'une des rives les contingents de chars et de cavalerie.

Le soleil s'était couché depuis longtemps. Des tentes furent dressées rapidement et des feux de bivouac s'allumèrent, constellant le sol du désert.

Des rires fusèrent et les soldats, heureux de partir en guerre pour leur souveraine, se mirent à chanter.

Dans l'air de la nuit qui commençait à fraîchir, la lune apparut, ronde et blanche derrière un nuage, et, tel un lampion au milieu du ciel, elle illuminait l'étendue de sable comme en plein jour. L'atmosphère s'emplit bientôt de l'odeur alléchante du mouton rôti et l'armée s'apprêta à manger dans la bonne humeur sans crainte du lendemain.

Sous la tente de la régente, dont les parois avaient été soulevées pour laisser passer l'air frais de la nuit, ses amis s'étaient réunis autour d'un repas de grillades de mouton et de poissons fraîchement pêchés, accompagnées de vin de palme.

Subjugués, ils écoutaient Pen-Nekhbet leur narrer les anciennes victoires de Touthmôsis-Âa-Khéfer-Kâ-Rê, le père de Hatchepsout, sur ces mêmes Nubiens qu'ils auraient à combattre de nouveau.

Puis, emporté par ses souvenirs, il leur révéla un fait incroyable:

— Saviez-vous qu'avant que les Hyksos ne s'emparent de notre pays, nous, les Égyptiens, ne connaissions pas les chevaux?

Tous les visages se tournèrent vers lui d'un air interrogateur.

— En effet, ce sont les Hyksos qui nous ont mis en présence des chevaux pour la première fois. D'ailleurs, c'est à cause de ces animaux dont nous ne pouvons plus nous passer aujourd'hui que nous avions perdu la guerre!

— Raconte! demanda la régente tout émoustillée.

— À cette époque lointaine, l'envahisseur avançait vers nos frontières, précédé d'une légende. On racontait partout que l'ennemi se déplaçait avec une rapidité digne du vent de l'est et que rien ne pouvait échapper à sa furie destructrice. Personne ne comprenait comment cette armée pouvait progresser aussi rapidement. C'était impossible, et pourtant, c'était bien la vérité. Lorsque notre armée se trouva face aux Hyksos, ceux-ci foncèrent vers elle avec une célérité jamais connue auparavant. C'est qu'ils étaient tout simplement portés par des chevaux, méconnus de nous à ce moment. Ils semèrent la terreur parmi nos soldats qui s'enfuirent à toutes jambes, laissant pénétrer l'ennemi dans notre pays sans oser le combattre. C'est ainsi que ces barbares s'emparèrent de la Grande Égypte et l'occupèrent, profitant de nos richesses et de nos connaissances jusqu'à ce que nous les chassions.

Le petit groupe assemblé autour de Pen-Nekhbet été tétanisé par cette histoire. La régente et ses amis venaient d'apprendre que les chevaux qu'ils chérissaient, avec qui ils avaient grandi et sans lesquels ils ne pouvaient vivre aujourd'hui, étaient entrés en Égypte avec l'ennemi honni… Et la conversation reprit de plus belle. À la fin de la soirée, Hatchepsout demanda à Senenmout de rester auprès d'elle. Tout le monde se retira et les laissa seuls.

Les parois de la tente refermées sur leur intimité, Hatchepsout s'approcha de son amant et se serra contre lui:

— Senmout! Mon tendre ami! Toi qu'au fond de mon être j'ai toujours désiré et plus que jamais maintenant, prends-moi dans tes bras et dis-moi combien tu me vénères…

— Je vous adore, ma reine! Vous êtes mon souffle de vie, murmura-t-il.

Inquiet pour sa vie et effaré à l'idée de la folle entreprise dans laquelle elle se lançait, il plongea ses mains dans ses cheveux et la posséda avec la peur au ventre et le désespoir de la perdre.

À l'aube le lendemain, alors que le soleil n'était pas encore levé sur les contrées inhospitalières de la province nubienne, après avoir satisfait la soif des chevaux et rempli les gourdes pour ses propres besoins, l'armée de la régente s'ébranla pour s'enfoncer encore plus au cœur du désert.

Pen-Nekhbet leur avait conseillé d'envoyer des éclaireurs pour trouver le chemin le plus court et surtout pour évaluer la situation avant de commencer le combat. Debout dans son char de roseaux tressés et guidé par un aurige[1] choisi avec le plus grand soin, Hatchepsout, recouverte de cuir de peau de crocodile pour se protéger des flèches, passa en revue ses soldats qui la saluèrent avec enthousiasme et la marche débuta dans un cliquetis de sabres et d'épées.

Vers le milieu de la matinée, les éclaireurs revinrent annoncer que l'armée nubienne n'était plus qu'à une courte distance.

— Combien sont-ils ? s'enquit la régente.

1. Aurige : conducteur de char.

— Ils sont au moins aussi nombreux que nous, Majesté! Nous les avons aperçus de loin, ils montaient quelques chevaux, mais nous pouvons vous affirmer qu'ils n'avaient pas de chars!

— Pen-Nekhbet! Crois-tu que nous devrions foncer sur eux avec nos biges[1]?

— Ce serait une bonne stratégie, en effet, Majesté!

— Nehesy! commanda-t-elle en se retournant vers lui, ordonne à la cavalerie de charger afin de les surprendre.

Et, à Senenmout qui ne se trouvait pas loin, elle intima:

— Reste à mes côtés!

Leurs regards se croisèrent. Celui de Senenmout disait l'inquiétude de voir sa reine courir un danger, et celui de Hatchepsout, la détermination de vaincre coûte que coûte.

Dès l'instant où la décision fut prise, l'armée égyptienne fonça droit devant et quelques instants plus tard, la cavalerie fendit les rangs de l'ennemi. L'infanterie suivait de près en courant, javelots et sabres dressés.

L'aurige de la reine fouetta ses chevaux. Le véhicule fit un bond et se trouva projeté au cœur de la bataille. Une main cramponnée

1. Bige: char léger tiré par des chevaux.

au rebord du char, la régente envoyait de l'autre ses javelots à bout portant.

Senenmout la suivait de si près que les roues des deux chars se frôlaient presque. Char contre char, il ne la quitta pas d'une coudée tout au long du combat…

Le bruit des armes qui s'entrechoquaient, les hurlements des hommes touchés ou blessés et les râles des mourants emplissaient l'atmosphère.

Prise de nausées en voyant le sang gicler de partout, Hatchepsout crut un moment défaillir. Elle perdit pied et sentit qu'elle s'affaissait.

Alerté par ce malaise, Senenmout, qui ne la perdait pas de vue, quitta son char pour sauter dans le sien. La serrant solidement d'une main et brandissant de l'autre son sabre pour lui éviter les coups, il décida d'y rester pour couvrir ses arrières. Se voyant ainsi protégée, Hatchepsout sentit la vie s'engouffrer de nouveau dans ses poumons.

Le combat fit rage presque toute la journée sans que Hatchepsout s'en rende compte, emportée par sa volonté de vaincre et n'hésitant jamais à lever son sabre ou à lancer un javelot.

Puis, soudain, comme dans un rêve, elle vit se dresser devant elle, sur un étalon noir, un Nubien qui la regardait sauvagement avec un sourire carnassier.

— Tu vas mourir, Majesté! cria-t-il.

Médusés, Hatchepsout et Senenmout le virent lever sa hache et s'apprêter à la lancer sur elle, quand Hapouseneb et Nehesy arrivèrent en renfort sur leurs chevaux. L'un le saisit par le cou et l'autre lui enfonça son sabre dans le ventre. Les yeux du Nubien se révulsèrent. Il glissa de sa monture et tomba avec lourdeur sur le sable qui rejaillit sous son poids.

L'attaque était arrivée si vite que Hatchepsout n'avait même pas eu le temps de réagir. Lorsqu'elle vit ses deux sauveurs retourner se battre, elle comprit alors qu'elle venait d'échapper à la mort. La sentant trembler, Senenmout fit un signe à l'aurige qui s'empressa de conduire le char de la régente hors de la zone dangereuse des combats.

Se reprenant, Hatchepsout se révolta:

— Comment osez-vous? hurla-t-elle, hors d'elle.

Mais Senenmout s'interposa:

— Regardez, Majesté! La bataille est terminée. Les Nubiens s'enfuient à toutes jambes. Vous avez bien combattu, il est temps de prendre du repos.

En effet, on pouvait constater que la mort de celui qui semblait être un de leurs chefs avait semé la confusion dans les rangs ennemis. À l'orée du désert, dans la plaine qui avait servi de champ de bataille, on ne voyait plus que des amoncellements de corps baignant dans leur sang.

À part quelques soldats qui continuaient à se défier et à se pourfendre, l'armée égyptienne avait valeureusement vaincu la misérable horde de Nubiens et se resserrait de nouveau en rangs étroits autour de sa régente.

Elle vit revenir vers elle Nehesy et Hapouseneb tirant par les cheveux un Nubien, qui avait peine à marcher et dont le corps noir semblait blanc tant il était recouvert de poussière.

— L'autre chef, Majesté! dit Hapouseneb en maintenant fermement le prisonnier front contre terre aux pieds de la reine.

La régente ne daigna même pas le regarder. Sans sourciller, elle prononça les mots fatals, démontrant ainsi sa force de caractère:

— Abattez-le et exposez son corps à la vue de tous afin que ce peuple retors apprenne enfin comment la régente d'Égypte punit les rebelles!

5

LA BÂTISSEUSE

Les soldats égyptiens ramassèrent les corps de leurs compagnons tués au combat et les ensevelirent sous les dunes de sable pour les soustraire aux prédateurs.

Le retour vers Thèbes se fit dans une atmosphère d'euphorie. Bien calée dans les coussins tissés de fils d'or de la cange royale, exposant son visage et ses épaules bistrés aux chauds rayons du soleil, Hatchepsout respirait la fierté et le bien-être.

L'armée de la régente était impressionnée par son courage et parlait d'elle avec adoration. Certes, pour protéger sa *Kémet*, celle-ci avait montré les signes d'une force indestructible et sa capacité d'être cruelle quand il le fallait, tout comme un homme. Et, en attendant que le petit roi grandisse et soit apte à prendre les rênes du pouvoir, son peuple saurait maintenant que l'Égypte n'avait rien à craindre de quelque assaut guerrier qui viendrait de l'étranger ou d'ailleurs, maintenant qu'elle avait fait ses preuves.

Elle se laissait contempler et aduler par ses soldats et son état-major avec une sérénité qui la magnifiait. Cependant, parmi ceux-ci, c'était Senenmout celui dont elle voulait avoir l'attention. Entre les cils de ses yeux dont le khôl accentuait les contours, elle l'observait et ce qu'elle voyait la mettait en transe : « Pourquoi n'étaient-ils pas seuls au monde ? Pourquoi fallait-il qu'ils soient toujours entourés de tous ces gens ? Oui, c'est vrai, elle était la reine et la régente et le... le quoi ? Le pharaon ! Oui, c'était bien ça ! Le PHARAON ! N'avait-elle pas révélé son indomptable puissance et son incontestable autorité ? N'avait-elle pas fait ce que seuls les hommes sont capables de faire ? »

Mue par cette pensée soudaine et fulgurante, elle se dressa d'un geste brusque :

— Je suis le pharaon d'Égypte ! proclama-t-elle à haute voix.

Tous les gens à bord du bateau se tournèrent vers elle avec ahurissement, sauf Senenmout et Pen-Nekhbet qui lui sourirent avec douceur. Reprenant le ton familier qu'il avait avec elle lorsqu'il avait été son instituteur, le vieil intendant de son père s'exclama :

— Il est temps, Hatchepsout, que tu réalises le vœu de ton père ! C'était en effet ce qu'il désirait le plus : te voir devenir pharaon ! C'était un être à l'esprit ouvert et qui ne s'encombrait pas de préjugés. Pour lui, tu étais celle qui devait lui succéder ! Malheureusement, les choses n'ont pu se passer de cette façon, mais voilà qu'aujourd'hui, après avoir prouvé ta puissance à ton armée et à ton peuple, personne ne pourra s'y opposer !

Senenmout écoutait les paroles du sage Pen-Nekhbet avec satisfaction et lui qui, dans son for intérieur, avait toujours espéré qu'elle trouverait la volonté et l'audace de le proclamer un jour, se leva lentement de ses coussins et vint s'incliner devant elle.

— Majesté ! Vous êtes le pharaon d'Égypte et nous sommes tous ici vos humbles serviteurs !

Le signal était donné et ses amis présents ainsi que tous ceux qui se trouvaient dans la cange royale se prosternèrent à leur tour.

Lorsque, après un long temps d'absence, les bateaux apparurent aux abords de la ville de Thèbes, glissant majestueusement sur les eaux du dieu fleuve, le peuple se massait déjà le long des berges pour recevoir sa régente triomphante sous une pluie de pétales de fleurs qui flottèrent sur l'eau en une myriade de petits soleils.

La régente Hatchepsout se tenait debout à la proue de son navire, coiffée du *pschent* royal, dans une robe moulante de couleur verte, qui partait de sous ses aisselles, laissant ses épaules offertes à Râ, l'astre céleste. Elle tenait dans sa main le bâton de commandement. Un sourire lumineux éclairait son visage aux traits parfaits. Derrière elle, son état-major et ses conseillers s'agitaient, tout en exclamations et en démonstrations intempestives de joie.

Enfin, les vaisseaux accostèrent et ils furent accueillis dans les jardins du palais par la famille. Le grand vizir d'Égypte, Ousèramon, se tenait droit dans ses plus beaux atours avec, à ses côtés, le petit pharaon, Menkhéperrê, accompagné des deux princesses qui se tortillaient d'impatience.

En arrière se tenaient les femmes du palais, Ahmès, Moutnéférèt et Isis, dont les dissensions s'étaient émoussées avec le temps et qui, aujourd'hui, se côtoyaient sans animosité.

Après avoir salué le jeune pharaon et le grand vizir, Hatchepsout étreignit ses filles et les embrassa avec fougue. Ensuite, les princesses glissèrent dans les bras de Senenmout qui les serra très fort sur son cœur. Les dangers qu'ils venaient de traverser leur faisaient priser bien plus qu'habituellement ces moments de délicieuses retrouvailles.

Ce soir-là, il y eut un banquet pour les vainqueurs et tout le monde se rassembla dans la grande salle à manger.

Hatchepsout portait une robe de lin ivoire, qui rehaussait la couleur de sa peau bronzée par le soleil brûlant de la Nubie, un collier d'or serti de pierres précieuses et, sur sa tête, une perruque de cheveux noirs encerclée d'une fine couronne frontale ornée de l'uræus.

Cela faisait quelque temps qu'elle n'avait pas savouré le plaisir de bien manger. Les serviteurs se faufilaient parmi les convives avec des gestes de danseurs, présentant les mets recherchés. Ceux-ci avaient été commandés par Ahmès qui connaissait les goûts et les préférences culinaires de sa fille : des cailles rôties arrosées de sauce au cumin et des cuisses bien cuites de gazelles du désert.

Les senteurs de ces mets délicieux embaumaient et la fringale saisit la régente qui lança un regard chaleureux à la reine mère pour la remercier de sa prévenance.

Puis, Hatchepsout dégusta un mets nouveau, exquis et savoureux, et dont la texture donnait l'impression qu'il fondait dans la bouche.

Étonnée, elle demanda à sa mère :

— Quel est ce goût merveilleux que je ne saurais expliquer ?

— C'est du foie gras, répondit Ahmès, enchantée d'avoir surpris sa fille.

— Qu'est-ce au juste ?

— Ma chère fille, tu sauras que ta vieille mère est toujours à l'affût de nouveautés. Aussi, lorsque cette jeune paysanne est venue faire part de sa trouvaille au cuisinier en chef du palais, il m'en a informée aussitôt. Et lorsqu'à mon tour j'y ai goûté, tout comme toi, je me suis émerveillée de la saveur de ce mets. J'ai donc demandé à la petite paysanne de me faire savoir comment elle l'avait découvert. C'était par accident, semble-t-il !

Elle avait tant gavé ses oies de figues, qu'au moment de les apprêter pour les cuire, elle s'était aperçue que leur foie était anormalement gros. Curieuse, elle y goûta elle-même et ce fut la révélation. Notre cuisinier a donc décidé de faire pareillement et voilà le résultat !

Hatchepsout était enchantée de cette histoire et elle mangea tant de foie gras que, tout à coup, elle s'esclaffa :

— Mère, dit-elle, je crois que c'est moi l'oie, ce soir. Je n'arrête pas de me gaver…

Moutnéférèt et Isis, elles aussi invitées à participer à ces agapes, prirent un grand plaisir à voir Hatchepsout recevoir le petit roi avec gentillesse, lui offrant de prendre place à ses côtés. Pendant le repas, elle lui posa une foule de questions, auxquelles il répondit avec grâce, à sa grande satisfaction.

Puis, la régente distribua des bracelets d'or à ses proches collaborateurs ainsi qu'aux généraux de l'armée et offrit aux soldats, qui avaient rapporté les mains des ennemis qu'ils avaient tués au combat, des plaquettes d'or à son effigie.

À chacun, elle disait quelques mots pour les remercier de leur bravoure, puis elle appela son favori :

— Senenmout ! Je t'honore du bracelet *Ménéfert*[1] pour te récompenser et te remercier de ne pas avoir quitté d'une coudée ta régente pendant le combat afin de la protéger de ses ennemis.

---

1. *Ménéfert* : bracelet en or représentant une des plus hautes récompenses de l'époque.

Trop ému pour parler, le grand intendant la remercia d'un signe de tête et glissa aussitôt le bracelet à son bras.

Personne ne trouva à redire à cette décoration suprême, car tout le monde connaissait le courage et la bravoure du grand intendant.

La veillée continua dans la bonne humeur et les serviteurs, qui remplissaient les coupes de vin au fur et à mesure qu'elles se vidaient, ne s'arrêtèrent que lorsque l'aube pointa à l'horizon et que les invités rentrèrent enfin chez eux.

En sortant dans les jardins pour réintégrer ses appartements, Hatchepsout demanda à Senenmout de la suivre :

— Je veux fêter ces moments de gloire en ta compagnie, mon tendre ami, lui dit-elle. Reste avec moi ce soir…

Le soleil était déjà haut dans le ciel lorsqu'ils se réveillèrent. Hatchepsout désira prendre un long bain et se faire masser par ses suivantes tandis que Senenmout regagna son domicile où son frère devait sûrement l'attendre impatiemment.

— Je m'inquiétais, mon frère. Tu n'es pas rentré de la nuit. Pourtant, il m'a semblé t'avoir vu quitter le banquet avec la régente. Que s'est-il passé ? demanda ce dernier, inconscient de son indiscrétion.

Senenmout prit une grande inspiration avant de répondre :

— Inutile de te le cacher plus longtemps, Hatchepsout a bien voulu m'accorder ses faveurs.

La mâchoire décrochée de stupéfaction, Païry regardait son frère sans comprendre :

— Tu veux dire que…

— Oui, tu as bien compris, j'ai dormi dans son lit ! Mais, arrête cet interrogatoire, car je n'en dirai pas plus… Et, je t'en prie, garde cette information pour toi et toi seul…

Là-dessus, il tourna le dos à son frère et s'enferma dans la salle d'eau pour ses ablutions matinales.

Les oiseaux qui s'étaient tus pendant les heures les plus chaudes de la journée recommencèrent à pépier dans les arbres. Une petite brise venant du nord se mit à souffler, rafraîchissant l'air et donnant un peu de répit aux humains accablés.

La température après la sieste s'y prêtant, Hatchepsout décida d'aller à la rencontre de ses filles pour leur proposer une promenade en bateau et inviter Menkhéperrê à les suivre.

Elle envoya un garde chercher Senenmout et Hapouseneb afin qu'ils les rejoignent à l'embarcadère.

Les deux amis ne se firent pas prier et arrivèrent de bonne humeur pour sauter allègrement dans la barque où les attendaient déjà Hatchepsout et les enfants.

Néférourê s'installa confortablement sur les genoux de son père nourricier et aussitôt commença à raconter des histoires qui les faisaient éclater de rire. De son côté, la petite Mérytrê-Hatchepsout ne cédait sa place à personne. Interrompant sa sœur à tout bout de champ par ses babillages incompréhensibles, elle lançait des œillades coquines à Menkhéperrê qui riait à s'étouffer.

Ce fut une exquise promenade au cours de laquelle Hatchepsout s'intéressa particulièrement à Menkhéperrê.

Les promeneurs retournèrent au palais enchantés et heureux de constater qu'une certaine connivence avec le jeune prince s'était établie dans leur petit groupe.

Dans sa chambre, Menkhéperrê repensait à la promenade qu'il venait de faire avec la régente, ses amis et ses demi-sœurs. Son cœur d'enfant ressentait une joie incommensurable prête à exploser en un grand cri de bonheur qui se formait dans sa gorge. Sans trop comprendre ce qui lui arrivait, il détecta, avec une logique tout enfantine que, au lieu de craindre Hatchepsout comme auparavant, il commençait à l'aimer, et cette découverte le réconforta.

Puis, comme une flèche, il sortit de sa chambre pour aller jouer avec les princesses.

Il était plus que temps de reprendre les affaires du royaume en mains. Sous la tonnelle, près de l'étang aux canards où la régente aimait à tenir son conseil, Senenmout, Hapouseneb, Pen-Nekhbet, Nehesy, Pouymrê et Ousèramon, dont la présence était maintenant indispensable, attendaient patiemment Hatchepsout en discutant de choses et d'autres.

Elle arriva enfin, habillée d'une robe vert pâle qui rehaussait la couleur mordorée de sa peau.

— Aujourd'hui, nous avons à planifier la fête d'Opèt qui célèbre la crue du Nil, dit-elle d'emblée.

Ce fut Senenmout qui parla en premier :

— Majesté! Laissez-moi tout d'abord vous tenir informée de la correspondance que nous avons reçue de l'étranger. Voici une lettre du roi de Phénicie qui vous félicite de votre victoire. Il écrit : « *que vous avez répété l'exploit du roi de Haute et Basse-Égypte, votre père Thoutmôsis-Âa-Khéfer-Kâ-Rê et vous fait savoir que tous les pays sont sous vos sandales*[1]. »

Bien que fière, la régente accepta ce compliment humblement et avec la dignité d'une grande reine. Elle fit signe à Senenmout de continuer :

— Comme vous le savez, *Outès-néférou*[2], la barque dans laquelle le dieu Amon est assis sur son trône, doit quitter le temple de Karnak pour celui de Louxor. Nous avons commencé à construire les petites chapelles en calcaire que vous nous avez commandées sur le parcours de la barque. Ce serait une

1. Inscription sur les murs de Deir el-Bahari.
2. *Outès-néférou* : « le support des splendeurs », barque du dieu Amon, dont la proue et la poupe étaient ornées d'une tête de bélier.

bonne chose si nous pouvions nous rendre sur les lieux afin de vérifier que tout est conforme à vos désirs.

— Nous irons cet après-midi! répondit-elle. Où en sommes-nous avec *Djéser-djésérou*?

— Le creusement du temple progresse. Nous allons bientôt nous attaquer à la taille des naos au fond du temple…

— Et les autres constructions? Je veux surtout savoir si les deux obélisques, que Thoutmôsis, mon époux, désirait faire ériger à la gloire d'Amon, sont installés.

— Ils ne le sont pas encore, Majesté! répondit Pouymrê, responsable de l'opération. Mais ils sont en route et nous attendons que les eaux du fleuve se gonflent pour pouvoir faire passer les barges sur lesquelles ils sont fixés.

— Bien! fit-elle avec satisfaction. Maintenant, j'aimerais faire tailler deux obélisques supplémentaires: l'un à mon nom et l'autre à celui de Menkhéperrê!

Il y eut un silence.

— Majesté! s'aventura Pouymrê. Les aiguilles solaires représentent la fécondité du créateur divin, on ne peut les dédier qu'à des hommes!

Silencieuse, Hatchepsout le regarda avec une telle intensité qu'il baissa la tête sans plus rien ajouter.

Puis, doucement, elle déclara :

— Je serai bientôt pharaon d'Égypte !

— À vos ordres, Majesté, dit Senenmout, toujours prêt à suivre sa bien-aimée dans ses projets les plus fous.

À la fin de la réunion, Hatchepsout demanda à Senenmout de partager son repas de la mi-journée. Une faim physique autant que sensuelle la tenaillait, et cela était maintenant flagrant aux yeux de tous. Dans le petit cercle d'amis, une certaine complicité s'était installée, qui ne devait en aucun cas s'étendre hors de leur groupe, même si des soupçons commençaient à filtrer par-delà la frondaison des arbres qui encerclaient les jardins du palais, pour aller se promener dans les rues de Thèbes la Puissante.

Hatchepsout et Senenmout s'éloignèrent presque collés l'un à l'autre.

Au palais, elle demanda qu'on leur serve à manger dans ses appartements. Un peu plus tard, dans la pénombre de la chambre aux rideaux fermés, une petite brise s'infiltra, qui les trouva endormis dans le calme de leurs sens satisfaits.

6

UNE CHASSE INUSITÉE

Près du corps encore endormi de son amant, les yeux fixés au plafond, Hatchepsout pensait que bien qu'elle soit revenue glorieuse de son équipée en Nubie, il fallait qu'elle s'assure que le trône d'Égypte garde sa force et sa puissance jusqu'au moment propice où le jeune roi prendrait la relève.

En fait, elle sentait bien que depuis son retour de la guerre, on lui vouait un respect et une vénération jamais égalés auparavant, mais elle savait intuitivement que cela ne suffirait pas à asseoir définitivement son pouvoir. Il lui fallait faire un coup d'éclat pour éblouir les notables du pays, son peuple et les peuples étrangers, qui n'attendaient qu'une petite erreur de sa part pour la juger.

Cette pensée la tourmentait tant qu'elle ne put attendre que Senenmout se réveille à son tour pour lui annoncer la lumineuse idée qui venait de lui traverser l'esprit. Elle le secoua gentiment :

— Senmout ! Réveille-toi, j'ai besoin de te parler !

Il ouvrit les yeux à moitié en se demandant pourquoi les dieux lui accordaient tant de faveur et, la contemplant longuement à travers ces cils, il se posa une autre question : comment pourrait-il un jour les remercier de tant de bonheur ?

— Ma douce reine, que puis-je pour toi ?

— Je vais me faire couronner pharaon au cours de la fête d'Opèt !

Un étonnant silence plana dans la pénombre de la chambre.

— Comment ? reprit-elle. Tu ne penses pas que c'est une bonne idée ?

— Bien au contraire ! s'insurgea-t-il. Je trouve que c'est une excellente idée ! Cependant, bien que nos amis approuvent déjà de te voir devenir pharaon, je me demande comment ils réagiront au fait que tu veuilles procéder au couronnement aussi rapidement.

— Tu veux dire que c'est encore trop tôt et qu'il faudrait que j'attende un peu ? Pourquoi le temps compte-t-il autant ? N'ai-je pas prouvé que je suis prête à être pharaon d'Égypte ? C'est à nous de les convaincre et j'espère bien que tu m'aideras à le faire !

— Majesté ! Tu sais que tu peux compter sur moi !

Puis, après une légère hésitation, il reprit :

— Mais alors, lorsque tu seras pharaon, est-ce que tu m'inviteras tout de même dans ton lit?

Hatchepsout se mit à rire d'un air fat:

— Que tu es sot! Ce qui est consommé ne peut être repris!

Heureux et prêt à tout pour lui plaire, il se leva lentement, tira une plume de paon d'un vase qui trônait non loin de là, s'agenouilla au bas de sa couche et, du bout de la plume, caressa la plante de ses pieds aux ongles peints de bleu. Elle se renversa sur son lit en riant et en roucoulant de plaisir puis, au bout de quelques instants, elle le supplia de venir la rejoindre. Avec une lenteur mesurée, comme un tigre à l'affût de sa proie, il grimpa à ses côtés et se pencha sur elle.

En ce milieu d'après-midi, dans la barque qui les transportait de l'autre côté du Nil, Hatchepsout, heureuse et détendue, souriait à tout venant. Elle était accompagnée de ses amis qui n'avaient de cesse de s'extasier devant ce bonheur qu'elle affichait sans vergogne.

Dès qu'ils s'étaient retrouvés pour aller au temple de Karnak, Senenmout avait abordé avec Hapouseneb, Nehesy et Pouymrê la question du couronnement. Ils conclurent que la fête d'Opèt était une circonstance fort appropriée. Et puisque tout le monde était d'accord, ils décidèrent de se réunir bientôt pour organiser les festivités.

En descendant du bateau, ils allèrent à la rencontre d'Inéni qui les attendait sur le débarcadère. Accompagnée de cet homme vénérable qui, jadis, avait été le plus proche ami de son père, Hatchepsout marchait allègrement vers le temple, première étape de leur promenade d'inspection.

— Nous préparons la fête d'Opèt qui, cette année, sera bien spéciale, lui racontait-elle avec enthousiasme.

— Ah oui! Et pourquoi donc?

— Je vais me faire couronner pharaon à cette occasion!

Il s'arrêta de marcher et se posta devant elle:

— As-tu bien pesé les conséquences de cet acte? demanda-t-il avec une certaine appréhension dans le regard.

À la fois étonnée et inquiète de sa réaction, Hatchepsout se sentit redevenir un enfant devant lui et, d'une petite voix, elle lui dit:

— Tu n'es pas d'accord?

— Je suis entièrement d'accord, puisque c'était le vœu le plus cher de ton père! Là n'est pas la question et je la répète autrement: la double couronne d'Égypte ne pouvant être placée que sur la tête d'un genre mâle, comment crois-tu que ton peuple et les rois étrangers réagiront? Y as-tu songé?

— Seigneur Inéni, s'interposa Senenmout, qui se trouvait non loin et qui le connaissait bien pour avoir été son élève pendant nombre d'années, le peuple et les rois étrangers savaient depuis longtemps que Thoutmôsis Ier voulait que sa fille devienne pharaon d'Égypte, et maintenant, le temps est arrivé de réaliser ce projet.

— Vous semblez tous oublier les raisons pour lesquelles Thoutmôsis ne l'a pas fait. Une femme ne peut accéder au trône d'Égypte à titre de pharaon. Rappelez-vous, Majesté, ajouta-t-il en se tournant vers Hatchepsout, le clergé s'était formellement opposé à la volonté de votre père qui avait dû renoncer à vous placer sur le trône. La seule issue possible pour vous donner le pouvoir a été de vous unir à son fils.

Avec un infini respect, Senenmout continua d'essayer de convaincre son vieux maître.

— Je pense que vous oubliez qu'aujour-d'hui, le clergé est dirigé par le grand-prêtre Hapouseneb qui, pour sa part, est un des plus fervents partisans de cette cause!

— Et l'entourage de Menkhéperrê est-il d'accord avec ce projet? insista le vieil homme.

— Menkhéperrê sera pharaon au même titre que moi et nous régnerons en corégence. Puisqu'il est déjà pharaon d'Égypte, je ne vois pas pourquoi ses proches s'y oppose-raient. Je ne suis pas une usurpatrice, je leur certifierai que je me retirerai quand il sera en âge de prendre la relève! argua Hatchepsout pour défendre son point de vue.

— Il est difficile d'abandonner le pouvoir de son plein gré. Es-tu certaine qu'à ce moment-là, tu le feras?

— Mais bien sûr, Inéni! De toute manière, personne ne connaît l'avenir!

— Certainement! approuva-t-il. Sache pourtant qu'à la place où tu te trouves, il faut voir loin, très loin, au-delà même de l'avenir et au-delà de la mort et des siècles.

Hatchepsout resta interdite devant cette évocation. Clouée sur place et sans dire un mot, elle observait d'un œil pénétrant cet ancien maître qui lui tenait des propos que, dans sa téméraire ambition, elle n'était pas prête à écouter.

Une fois encore, Senenmout vint à son secours :

— Maître! Qu'importe les siècles qui se chargeront de la détruire ou de la magnifier! Seul compte aujourd'hui! Et aujourd'hui réclame qu'elle soit pharaon d'Égypte afin de renforcer le pays face à la terre entière et de préparer l'Égypte au règne de Menkhéperrê!

— C'est une réponse qui vaut son pesant d'or! dit le vieux maître qui se laissa enfin persuader.

Hatchepsout poussa un soupir d'aise. Quoiqu'elle fût déterminée à aller de l'avant avec son projet, l'opinion d'Inéni avait pour elle une importance capitale et elle n'aurait pu la transgresser sans quelque appréhension.

En silence, ils reprirent leur marche et lorsqu'ils se trouvèrent face au pylône[1] devant lequel son père avait fait ériger deux obélisques, elle reprit de l'assurance en voyant les assises sur lesquelles seraient installés les deux autres monolithes[2] qu'elle avait commandés.

---

1. Pylône : portail.
2. Monolithe : autre nom donné aux obélisques.

Se retournant vers Senenmout et Pouymrê, elle indiqua d'un ton exigeant :

— Je veux que le nom de Menkhéperrê soit gravé sur les obélisques auprès de celui de mon père, Thoutmôsis-Âa-Khéfer-Kâ-Rê !

Satisfaite de ne pas recevoir d'opposition à sa demande, elle proposa de continuer la promenade pour aller examiner les chapelles en construction sur le parcours d'*Outès-néférou*.

Quelques jours plus tard, le petit groupe d'amis fidèles se réunit pour entreprendre les préparatifs des fêtes. Évidemment, il fallait tout d'abord que la crue du Nil s'annonce puis se dissipe avant que les réjouissances ne débutent. Mais une fois celle-ci passée, toutes choses devraient être examinées de près, les rues déblayées et nettoyées des détritus laissés par l'inondation, les façades des maisons rafraîchies avec de nouvelles peintures et le chemin qu'emprunteraient les deux souverains devrait être bien tapé afin que la poussière ne vole et ne les salisse. Il fallait aussi penser à la quantité de nourriture qu'il faudrait distribuer au peuple et aux invités lors de la réception qui suivrait.

— Senmout! s'écria soudain Hapouseneb. Je pense que nous devrions leur donner de la chair d'hippopotame ce jour-là! Ils n'en vénéreront que plus leurs deux pharaons!

— Comment? Mais il va falloir abattre plusieurs bêtes pour contenter tout le monde! s'exclama Senenmout, un peu étonné de la proposition de son ami. Et puis, l'hippopotame est sacré, il est interdit de le tuer, sauf en certaines occasions uniques décidées par le grand-prêtre!

— Justement! Qui est le grand-prêtre? C'est moi, bien sûr! répliqua Hapouseneb en se frottant la poitrine, geste tellement inusité de sa part que cela les fit tous rire aux éclats.

— Eh bien, soit! conclut le grand intendant, joyeux. Nous organiserons une chasse après que les eaux du fleuve se seront plus ou moins calmées et auront recouvré leur lit naturel.

— Il est vrai, ajouta Nehesy, que c'est le moment le mieux adapté pour ce genre de chasse. Les hippopotames s'embourbent dans la vase et sont plus faciles à attraper!

C'est Hapouseneb qui fut choisi pour organiser cet événement, ayant été le seul à y avoir participé au moins deux fois dans sa vie auprès de son père, un chasseur aguerri.

Le ciel se teintait déjà des couleurs de l'aube lorsque Senenmout sortit de sa demeure pour la chasse à l'hippopotame. Un cri strident déchira le ciel. Il leva la tête et vit planer au-dessus de lui un milan qui le regardait sauvagement.

« Que me veut-il, celui-là ? pensa-t-il avec un léger serrement de cœur. Le mauvais augure, c'est pour les autres, pas pour moi ! »

Il secoua la tête pour effacer cette pensée négative et continua son chemin vers l'embarcadère du palais où le groupe de chasseurs se retrouva avec enthousiasme et force accolades.

La crue du Nil s'était déclarée plus généreuse qu'à l'accoutumée et maintenant que l'eau commençait à se retirer des terres pour retrouver son lit, c'était le moment propice pour la chasse à l'hippopotame.

Cinq barques avaient été aménagées à cet effet ; chacune d'elles possédait un maître chasseur, des timoniers et des rameurs, que Hapouseneb avait choisis avec grande circonspection. En effet, par son poids et par la force de sa mâchoire, qui pouvait broyer une partie de la barque sans effort, l'hippopotame était un animal redoutable et cette partie de chasse s'annonçait plutôt difficile.

De plaisante humeur et en chantant, ils sautèrent chacun dans son embarcation. Ils descendirent vers le sud où les majestueux animaux se tenaient en troupeau loin de la ville. Ils se trouvèrent bientôt à portée d'un groupe d'une quinzaine de bêtes qui se prélassaient au soleil entre eau et terre, s'immergeant et émergeant pour respirer.

Hapouseneb cria de sa barque :

— Accrochez-vous à vos sièges, on va être secoués !

Il désigna le premier hippopotame à son maître chasseur qui approuva d'un hochement de tête et hurla un ordre. Les gongs résonnèrent à la proue des navires scandant le mouvement des rames qui s'élevaient simultanément dans les airs avant de frapper la surface de l'eau. La barque fit une embardée et fut projetée en avant. Se sentant menacé, l'hippopotame plongea pour réapparaître un peu plus loin. Le dos luisant dans le soleil, l'animal expulsait par ses narines les vapeurs irisées de sa respiration. Il plongea et émergea à quelques reprises, harcelé par le cri des timoniers. Il s'engouffra une dernière fois dans l'eau, mais pas assez vite cependant, ce qui permit au maître chasseur de lui lancer coup sur coup deux javelots dans l'échine avec une force magistrale. Quelques instants s'écoulèrent avant que la bête ne rejaillisse de l'eau en rugissant de douleur. Furieuse, les yeux injectés de sang, elle ouvrit sa grande gueule, laissant apparaître ses dents d'ivoire et le fond rosâtre de sa gorge, prête à refermer sa mâchoire gigantesque sur l'avant du navire.

Une clameur infernale s'élevait autour de cette chasse, les ordres des maîtres chasseurs se mêlaient aux bruits des gongs, aux cris des timoniers et aux rugissements des bêtes blessées.

C'était la première fois que Senenmout assistait à une telle chasse. Debout à la proue de sa barque pour suivre son évolution, il était pétrifié par la sauvagerie qu'il avait sous les yeux et, au moment le plus intense de la poursuite, ne prenant pas garde au brusque virement de la barque, il perdit pied et tomba à l'eau. Les rameurs poussèrent un grand cri, attirant l'attention du maître chasseur.

Un hippopotame jaillit soudain de l'eau et ouvrit son immense gueule, capable d'engouffrer la tête de Senenmout. Celui-ci, glacé de peur et sentant le souffle de la mort le frôler, ferma les yeux et eut une dernière pensée pour Hatchepsout. Sans lui laisser le temps d'attaquer et plus rapide que l'éclair dans le ciel, le maître chasseur lança un javelot dans le fond de la gueule ouverte. L'animal coula vers le fond dans un gargouillis insolite provoqué par les bulles d'air qui explosaient à la surface de l'eau.

Un rameur hissa Senenmout à l'intérieur de la barque où il s'étala de tout son long. Ne pouvant croire à sa résurrection, blême et tremblant de tous ses membres, il demeurait allongé dans le fond de l'embarcation, le cœur battant follement. Des larmes d'impuissance lui montèrent aux yeux. «Comment avait-il pu être aussi sot pour tomber ainsi à l'eau au moment le plus dangereux?» ne cessait-il de se reprocher intérieurement.

Alors que la chasse continuait et que les hippopotames tombaient les uns après les autres sous les traits acérés des maîtres chasseurs et grâce à l'extraordinaire dextérité des rameurs, Senenmout fut tiré de la barque et transporté sur un brancard vers sa maison pour être remis aux mains des *sinous*.

Une douleur fulgurante à la jambe le surprit soudain. En se soulevant pour examiner de plus près la raison de cette souffrance, il découvrit que sa cuisse était déchirée et qu'une coulée de sang s'échappait de la blessure.

Se rappela le milan qu'il avait aperçu le matin même en sortant de chez lui, il se dit alors qu'il ne sous-estimerait jamais plus les présages et qu'il serait plus vigilant à l'avenir.

7

UNE NAISSANCE DIVINE

Quand Hatchepsout apprit que Senenmout avait été blessé, son cœur s'affola et,
oubliant toute réserve, elle se précipita à
son chevet. Prête à défaillir d'inquiétude, elle
traversa l'allée de sycomores dans un état
second. Ce n'est que lorsqu'elle le vit, souriant sur sa couche et se faisant bander la
cuisse par le *sinou* du palais, qu'elle se ras-
sura sur son compte.

— Votre Majesté! C'est moins grave qu'il
n'y paraît, dit le médecin quand il la vit
entrer. Sa blessure ne correspond pas à une
morsure d'animal; il a dû se déchirer la
jambe contre la coque de la barque lorsqu'on
l'a tiré de l'eau.

Hatchepsout regarda le *sinou* avec gravité. Ce dernier se prosterna devant elle puis,
ayant terminé son travail, il se retira.

Maintenant, seule avec son amant, elle
s'assit à ses côtés et caressa son crâne rasé de
près. Les yeux sombres et profonds de Senenmout la contemplaient avec adoration:

— Ma divine reine, ne t'inquiète pas pour moi, je serai de nouveau sur pieds et à tes côtés pour la fête d'Opèt.

— Je vais demander à Sat-Rê de venir s'occuper de toi!

— Ne la dérange pas! Tu verras, tout se passera bien!

— Non! Ça lui fera plaisir, tu sais combien elle t'aime, et je suis certaine qu'elle viendra sans problème!

Là-dessus, plus ou moins tranquillisée à son sujet, elle le laissa se reposer. Puis, elle alla à la rencontre de sa vieille nourrice qui s'était retirée depuis quelque temps dans la petite maison que Hatchepsout avait fait construire pour elle dans un coin du jardin du palais.

En effet, Sat-Rê ne se fit pas prier et, heureuse de sentir qu'on avait encore besoin d'elle, plia bagage aussitôt et se rendit chez Senenmout pour prendre soin de lui.

Senenmout se rétablissait rapidement grâce aux soins affectueux de Sat-Rê et aux visites inopinées de Hatchepsout. Pendant ces journées de repos forcé, il avait réfléchi à une question importante. Il fallait préparer le peuple à l'idée qu'une femme assumerait dorénavant le rôle de la virilité divine. Il avait effectué quelques recherches et avait trouvé une façon originale de faire accepter la transmutation de Hatchepsout de l'état de reine et de régente à celui de pharaon. Il fit venir Pouymrê et lui demanda de graver une fresque sur les murs de *Djéser-djésérou*. Étonné mais tout aussi enchanté de la bonne idée du grand intendant, Pouymrê s'en fut l'exécuter avec empressement.

Quelque temps après, enfin rétabli, Senenmout proposa une promenade matinale à Hatchepsout.

— Oui, avait-elle dit. Nous avons besoin de sortir de nos habitudes de temps à autre!

Sur le fleuve, seuls les crocodiles et les hippopotames animaient la quiétude d'une aube encore naissante. Quelques timides piaillements dans la verdure touffue des arbres commençaient à percer le silence.

Païry, qui les accompagnait, détacha la petite barque de son ponton, s'empara des rames et prit la direction du nord.

Arrivés au temple d'un «million d'années», Senenmout et Hatchepsout ne purent s'empêcher de s'exclamer devant la grandeur et la magnificence des lieux.

Les jardins maintenant en fleurs qui entouraient le temple avaient été dessinés et aménagés par Inéni, et pendant quelques instants, ils restèrent tous trois figés d'admiration.

Encastré dans la roche de la montagne, le temple s'élevait au fond de la crique, majestueux et aérien. Par-delà ses trois volées de marches, une enfilade de colonnes reproduisaient à répétition la statue de Hatchepsout. Les ouvriers n'étaient pas encore à l'ouvrage et cela donnait une perspective nouvelle à la dimension de cette œuvre gigantesque.

Comme s'ils n'osaient déranger la beauté suffocante des lieux, ils se déplacèrent en douceur. Tous trois allèrent à la rencontre de Pouymrê qui les attendait sur le premier palier du temple.

— *Djéser-djésérou*! murmura la régente dès qu'elle fut à portée de voix.

Pouymrê se prosterna devant elle.

— Majesté! Je suis heureux de pouvoir exposer votre naissance à vos yeux!

Hatchepsout resta interloquée par cette phrase sibylline. Mais ne sachant trop que dire ou répondre, elle le suivit à l'intérieur du temple plongé dans un silence impressionnant. Il prit un flambeau accroché au mur de l'entrée et, illuminant de sa torche la fresque du mur, il demanda à la reine de l'observer.

Hatchepsout regarda, puis regarda de nouveau sans trop comprendre. Senenmout qui se trouvait à ses côtés observait avec anxiété l'expression de son visage à la lueur rougeâtre du flambeau.

Stupéfaite, elle réussit à articuler:

— Qu'est-ce que cela signifie?

— C'est l'histoire de votre naissance, Majesté! répondit Senenmout. Voici votre divine mère Ahmès se faisant féconder par Amon-Râ! Et voilà que la semence du dieu éternel ayant porté fruit, il naquit de cette union une petite fille. Ainsi, personne ne peut, ni ne pourra, s'opposer à ce que cette petite fille devenue grande soit l'incarnation du dieu primordial sur la terre des mortels.

Hatchepsout ne réagissait toujours pas. Une inquiétude commença à s'insinuer dans le cœur de Senenmout.

— Majesté! Cette histoire peut facilement être effacée des murs si vous le désirez! suggéra-t-il.

Mais Hatchepsout continuait à garder le silence. Ses yeux ne quittaient pas la fresque qu'elle examinait sous tous ses aspects. Elle la décryptait lentement:

Amon-Râ se trouve assis sur son trône au ciel et dit :

« Je veux pour compagne celle qui sera la mère de Maâtkarê, qu'elle vive ! Je lui donnerai toutes les plaines et toutes les montagnes… Elle guidera tous les vivants… et celui qui blasphémera en employant le nom de Sa Majesté, je ferai qu'il meure sur-le-champ… »

Puis il envoie un messager sur terre pour vérifier qui est la femme qu'il veut féconder. À son retour de mission, le messager dit : « Cette jeune femme dont tu m'as parlé, prends-la, maintenant. Son nom est Ahmès. Elle est belle plus que toute autre femme qui soit dans ce pays. C'est l'épouse du souverain, le roi de Haute et de Basse-Égypte Âakhéperharê, qu'il vive éternellement ! »

Ahmès dort dans son lit, tandis qu'Amon-Râ ayant alors pris la forme de son époux Thoutmôsis Iᵉʳ, s'assoit à ses côtés, ses genoux frôlant les genoux de la femme. Il la trouve endormie dans la splendeur de son palais. Elle s'éveille au parfum du dieu et sourit face à Sa Majesté. Il l'étreint alors et lui impose son brûlant désir, agissant de façon qu'elle le voie alors sous sa forme de dieu. Son amour court dans sa chair et le palais est inondé du parfum du dieu.

Soudain, la reine s'aperçoit que celui qui l'enlace n'est autre qu'Amon-Râ. Elle murmure : « Combien est grand ton rayonnement ! Il est splendide de t'admirer, tu as honoré ma féminité de tes faveurs, ta rosée est passée dans tous mes membres. »

Amon-Râ lui répond : « Hatchepsout-Khénémèt-Amon, celle qui s'unit à Amon, tel sera le nom de cette fille que j'ai placée dans ton sein ! »

Les dieux prennent la main de Ahmès pour l'assister dans l'enfantement. Ainsi est née Hatchepsout, fille du dieu primordial qui lui dédie le trône d'Égypte[1].

Lorsque la régente sortit de ce songe merveilleux, une lueur de lucidité se profila sur son visage :

— Mais qui a eu cette idée ? demanda-t-elle, les yeux encore rivés sur le mur.

— Senmout, Majesté ! répondit Pouymrê avec le plus grand respect dont il pouvait faire preuve. Il m'a demandé d'exécuter cet ouvrage et je l'ai fait avec joie.

Elle se tourna vers Senenmout en lui adressant son plus beau sourire, le soustrayant ainsi à l'angoisse qui avait appesanti sa poitrine, car il avait craint de lui avoir déplu.

— J'aurais dû m'en douter ! Qui d'autre aurait pu me magnifier de la sorte ?

1. Inscription sur les murs de Deir el-Bahari.

Elle gratifia le grand intendant d'un regard reconnaissant.

Il soupira d'allégresse.

Depuis quelques jours, au cœur des villes jumelles de Karnak et de Louxor qui formaient la grande Thèbes, la fête d'Opèt battait son plein. Elle avait débuté avec la procession organisée par les prêtres transportant la barque du dieu primordial Amon-Râ qui allait consommer son hymen au temple de Louxor.

Cette année-là, la crue du Nil avait été abondante et les gens du peuple se réjouissaient de pouvoir profiter de ces quelques jours de repos qui, chaque année, suivaient immanquablement l'inondation. Ils faisaient des offrandes aux dieux et se baladaient à travers la ville à la rencontre de leur famille et de leurs amis.

Thèbes la Puissante foisonnait de monde. C'était le temps où les marchands faisaient des affaires d'or. Les promeneurs déambulaient par les rues de terre battue, s'arrêtant parfois pour acheter et offrir à leurs enfants quelques friandises. Des curieux, appuyés au rebord de leur fenêtre, regardaient passer le remous incessant de la foule. Des acheteurs marchandaient longuement pour diminuer de quelques piécettes le coût de leur achat; des femmes se parfumaient à même les flacons exposés sur les étals, essayaient quelques bagues à leurs doigts ou quelques bracelets à leurs poignets; des hommes, en quête de rafraîchissements, s'asseyaient dans des tavernes bondées en se racontant une pêche miraculeuse ou une partie de balle bien disputée; des enfants jouaient au cerceau ou au ballon en poussant des cris de joie.

Une nouvelle importante animait toutes les conversations: le dernier jour de la fête d'Opèt, Hatchepsout serait couronnée pharaon d'Égypte. C'était une chose incroyable, et pourtant, on hochait la tête et on semblait approuver. N'était-elle pas l'incarnation divine? Sa mère n'avait-elle pas été fécondée par le dieu primordial Amon-Râ lui-même? C'était inscrit sur les murs du temple! Et la régente n'avait-elle pas montré sa force indestructible? Oui, en vérité, elle le méritait et c'était une bonne chose que Hatchepsout la divine devienne pharaon d'Égypte, puisque de toute manière elle en détenait déjà le rôle, et ce, en attendant que Menkhéperrê puisse lui succéder. Le peuple se préparait donc à vivre ces moments uniques de l'histoire de son pays dans une heureuse perspective.

Comme si le temps s'était estompé, le jour du couronnement arriva enfin. Une brise légère adoucissait l'air et faisait frémir les feuilles dans les arbres. Tout était en place pour faire de cette journée la plus extraordinaire qu'on ait vu de mémoire d'homme. Dès le petit matin, le peuple se bouscula sur le chemin que devait suivre *Outès-néférou* et attendait impatiemment le moment où la régente et le petit pharaon suivraient la divine barque.

Au même instant, dans sa belle maison entourée de bougainvilliers en fleurs, Senenmout se faisait habiller par son frère. Une fois prêt, il se dirigea vers le palais.

Lorsqu'il entra dans la nourricerie, les princesses poussèrent des cris de joie en se précipitant vers lui. Il jeta un regard alentour pour examiner les lieux et s'assurer que tout était en ordre et, d'un air sévère, demanda aux nourrices :

— En avez-vous terminé avec les princesses ?

— Oui, Seigneur.

Il fit tourner les fillettes sur elles-mêmes pour être certain que tout était conforme à ses ordres. Elles resplendissaient dans leurs habits d'apparat et il en fut satisfait. Il les prit chacune par la main et se dirigea vers les appartements de Menkhéperrê, suivi de Sat-Rê, sortie de sa retraite pour la circonstance.

Là, il fit la même inspection que pré-cédemment et demanda au petit pharaon, maintenant âgé de cinq ans, de faire quelques pas pour s'assurer qu'il avait bien appris comment marcher et se comporter pendant la cérémonie.

— Tu n'oublies pas! lui conseilla-t-il. Tu feras exactement les mêmes gestes que Hatchepsout. Si elle lève le bras, si elle regarde à gauche ou à droite, si elle se pen-che, tu agis comme elle.

— D'accord! répondit le garçonnet un peu effarouché par ce qui l'attendait.

— Ce n'est pas grand-chose! reprit Senen-mout pour le rassurer. Tu verras, tout se passera bien! Il suffit juste d'être attentif!

— D'accord! répéta Menkhéperrê avec un air si sérieux que Senenmout éclata de rire, ce qui détendit instantanément l'atmos-phère.

Enfin content, il fit ses dernières recom-mandations, reprit les princesses par la main, suivi de Menkhéperrê et des nourrices. Ils se dirigèrent vers les quais où ils devaient rejoindre la souveraine.

Sur le fleuve dont les eaux scintillaient au soleil éblouissant, la barque royale avançait doucement vers la ville, tanguant à la cadence du vent qui soufflait dans ses voiles. Lorsqu'elle aborda la rive et que Hatchepsout descendit la passerelle, une exclamation d'enthousiasme s'éleva de la multitude. Bien droite, la tête haute, vêtue d'un pagne tissé de fils d'or qui lui arrivait à mi-jambe, elle portait sur sa poitrine le pectoral royal serti de lapis-lazuli et de pierres précieuses scintillantes.

Menkhéperrê, à ses côtés, portait les mêmes habits qu'elle. Il ne quittait pas Hatchepsout du regard, l'imitant en tout point.

En arrière, clopinant encore à cause de sa blessure, venait Senenmout, qui revêtait une longue robe blanche, tissée de fils d'argent. Il tenait par la main les deux princesses, Néférourê et Mérytrê-Hatchepsout, qui, pour une fois, se comportaient sagement. La procession qui suivait se composait d'Ousèramon, de Hapouseneb, de Nehesy, de Pouymrê, d'Inéni et de Pen-Nekhbet, puis des maires de Thèbes et des autres villes, qui étaient arrivés la veille, et, enfin, des femmes du palais.

Ils s'engouffrèrent sous le pylône du temple pour la consécration du nouveau pharaon au cœur du naos.

Quand Hatchepsout ressortit, elle portait sur sa tête la double couronne rouge et blanche de Haute et de Basse-Égypte. Elle tenait dans ses mains la crosse et le fléau croisés sur sa poitrine.

Le cortège se déplaça lentement pour suivre la statue d'or d'Amon-Râ qui trônait sur *Outès-néférou* et que portaient les prêtres. Lorsque la barque apparut au milieu de la foule, elle fut accueillie par un silence respectueux et la multitude se prosterna pour saluer son dieu des dieux qui retournait au temple reprendre sa place habituelle.

La procession fit halte à chacune des petites chapelles que Hatchepsout avait fait construire sur le parcours d'Amon-Râ. Les deux monarques étaient nimbés des couleurs divines, une aura lumineuse les auréolait, et le peuple se jetait par terre sur leur passage, ébloui par tant de beauté.

Aux yeux de tous, Hatchepsout était devenue la divinité suprême : elle s'appelait désormais Maâtkarê-Hatchepsout-Khénémet-Imen, « *celle qui s'unit à Amon* ».

Deuxième partie

MAÂTKARÊ-HATCHEPSOUT

« *Mon autorité se dresse, inébranlable,
comme les montagnes,
le disque solaire brille et étend ses rayons
sur mon auguste personne, et mon faucon
s'élève au-dessus de la bannière royale
pour l'éternité.* »

Inscription sur les murs de Deir el-Bahari.

1

UN AMOUR NAISSANT

Sous l'égide de la femme pharaon, les jours s'écoulaient lentement et paisiblement sur la terre des dieux égyptiens et le pays vivait ses moments d'histoire les plus prospères. Temps propice que le peuple attribuait à la compétence de la femme roi qui s'occupait activement de l'agriculture, des édifications, des arts, de la trésorerie et de la défense du pays, tant et si bien qu'aucun ennemi, quel qu'il soit, n'osait la défier depuis sa grande victoire en pays de Nubie.

Mais le temps qui passe apporte aussi son lot de désagrément et de douleur. Maâtkarê-Hatchepsout vit disparaître de son entourage un personnage important : l'ami de son père, Inéni, qu'elle avait affectionné depuis sa plus tendre enfance et que les dieux avaient décidé de venir chercher. Ce fut un deuil éprouvant pour la femme roi qui n'avait pas vécu une si grande peine depuis longtemps. Des funérailles grandioses avaient été organisées pour cet homme qui avait consacré sa vie à la famille royale.

Ainsi, ce cher et tendre ami de Hatchepsout ne verrait pas l'aînée des deux princesses sortir de l'enfance, ni la deuxième qui bavardait sans discontinuer, ni le jeune pharaon Menkhéperrê qui allait bientôt avoir quatorze ans.

Quant à ce dernier, son apprentissage au temple se déroulait sans anicroche et il pouvait se réjouir de figurer parmi les jeunes recrues de l'armée qui avaient reçu leur formation des meilleurs professeurs en art militaire. Il se battait comme un brave et maniait l'épée et le javelot avec précision, montait à cheval avec l'aisance innée attribuée aux fils de roi.

Ces activités étaient quelquefois interrompues par des voyages qu'il entreprenait sur ordre de Maâtkarê-Hatchepsout afin de compléter son éducation, ce qu'elle-même avait fait dans sa jeunesse.

Lors de ces déplacements, il était toujours accompagné de Senenmout, pour qui il éprouvait une vive admiration ainsi que de profonds sentiments d'amitié qui se révélaient parfois être aussi proches que ceux d'un fils pour son père.

Quant au grand intendant, demeuré célibataire, il ne faisait aucun doute que l'affection paternelle qui couvait en lui se déversait naturellement sur les trois enfants. Son amour et son dévouement pour Maâtkarê-Hatchepsout ne se démentaient pas et elle n'avait de cesse de le récompenser par des honneurs et des titres qu'il accumulait avec humilité.

Dans la chambre du roi, une servante s'évertuait à agiter au-dessus de Maâtkarê-Hatchepsout un grand éventail de plumes de paon pour tenter de la rafraîchir, étant donné l'insupportable canicule. Mais rien n'y faisait. Assise sur une chaise longue face à sa fenêtre, elle espérait une brise qui ne venait point et elle sentait la sueur couler le long de son dos et de ses jambes fuselées. C'était le moment le plus chaud de la journée et elle attendait impatiemment que le soleil descende vers l'horizon pour amener un semblant de fraîcheur.

Le grand intendant se fit annoncer à sa porte. Lorsqu'il entra et vit son roi ainsi accablé par la chaleur, il enleva l'éventail des mains de la servante qui se retira aussitôt pour les laisser seuls. Sous le regard attendri de Maâtkarê-Hatchepsout, Senenmout continua à l'éventer.

Comme il la connaissait et comme il savait si bien lui faire plaisir… Maâtkarê-Hatchepsout ferma les yeux et savoura son bien-être !

— Ma douce, dit tendrement Senenmout, la péniche aux obélisques a été aperçue plus en amont du fleuve et devrait amarrer cet après-midi à Karnak. Veux-tu assister à leur arrivée ?

— Mmmmm !

— Ce qui veut dire oui, Majesté ?

— Mmmmm !

— Très bien ! Je vais donc convoquer les notables de Karnak pour qu'ils t'escortent !

Elle ouvrit brusquement les yeux.

— Tu ne seras pas là ?

— Bien sûr, Majesté, je suis toujours à tes côtés !

— Continue ! dit-elle en se calant de nouveau au fond de sa chaise.

Et Senenmout recommença à agiter l'éventail au-dessus d'elle, se délectant du bonheur de sa bien-aimée.

— Notre roi Maâtkarê-Hatchepsout est la plus belle, la plus intelligente, la plus divine de tous les êtres créés par Amon-Râ...

Ainsi murmurait la foule assemblée aux abords du temple de Karnak pour assister au débarquement des deux nouveaux obélisques, symboles de la puissance phallique du pharaon.

Le cortège avançait dans le silence admiratif de la foule. On pouvait déjà entendre les ahans des rameurs, quand les deux remorques apparurent enfin, tirant l'imposante péniche qui transportait les deux énormes aiguilles solidement arrimées à ses flans. À son mât battaient les pavillons à l'effigie des deux pharaons et, sous son dais, construit en bois de santal et décoré des emblèmes royaux, ingénieurs, officiers de marine et architectes se tenaient debout pour surveiller l'arrimage, Pouymrê en tête. Après quelques manœuvres bien dirigées par le capitaine, quand la péniche fut enfin amarrée au débarcadère, des exclamations fusèrent de toutes parts.

Maâtkarê-Hatchepsout applaudit, imitée par Menkhéperrê et par les princesses.

Le débarquement comme tel devant se faire le lendemain et la cérémonie de l'arrimage étant terminée, la foule se dispersa et le groupe de la souveraine repartit vers le palais.

En cette fin de soirée, la chaleur qui s'attardait avait conduit le petit groupe de la souveraine à s'asseoir en cercle dans les jardins royaux au bord de l'eau.

Maâtkarê-Hatchepsout se remémorait le jour où, avec son père, le pharaon Thoutmôsis-Âa-Khéfer-Kâ-Rê, elle avait assisté à l'installation d'un obélisque et la rencontre qu'elle avait eue avec Senenmout à cette occasion. Son regard noisette se posa sur celui-ci et, les yeux humides d'émotion, elle ne put faire autrement que de revoir le chemin qu'ils avaient parcouru ensemble depuis.

Ils étaient tous les deux au faîte de leur gloire et l'avenir semblait toujours vouloir leur sourire.

La lune montait doucement dans le firmament étoilé, les trouvant toujours assis au bord de l'eau miroitante. Une chaude brise s'était levée, amenant avec elle une colonie de lucioles scintillantes. Les lanternes à huile suspendues aux branches des arbres se mirent à cliqueter.

Soupirant d'aise, Maâtkarê-Hatchepsout demanda qu'on leur serve à manger sur place… La conversation se prolongea tard dans la nuit, tandis que Menkhéperrê et les princesses s'amusaient à se cacher derrière les arbustes et les troncs des arbres et à se retrouver en gloussant et en poussant des cris de joie.

Pour Menkhéperrê, ces moments délicieux lui permettaient de se rapprocher de Néférourê qu'il regardait depuis quelque temps avec, dans les yeux, une lueur qui ne trompait personne, pas même la principale intéressée, qui accueillait ces œillades avec un plaisir non dissimulé.

Le lendemain matin, Senenmout se vit obligé de recevoir d'urgence un messager venu du Sinaï, une des provinces de l'Égypte située à l'est de la mer Rouge. C'est là où se trouvaient les mines de cuivre et de turquoises qui avaient jadis été exploitées par les Hyksos, puis abandonnées après leur départ, mais dont Maâtkarê-Hatchepsout avait ordonné la réouverture.

— Seigneur, dit le messager, c'est l'ingénieur en chef qui me charge de vous demander de lui envoyer un contingent de l'armée pour protéger les lieux. Nous sommes souvent attaqués par des hordes de Bédouins. Les ouvriers sont alors obligés d'arrêter de travailler pour se défendre. Si vous répondez favorablement à sa requête, nous pourrons vivre en paix et augmenter notre productivité.

— Tu diras à l'ingénieur en chef que j'irai bientôt lui rendre visite. Mais en attendant, dis-lui que j'acquiesce à sa demande et que, très bientôt, une garnison de soldats assurera votre sécurité.

Senenmout décida de se rendre immédiatement au temple pour demander à Menkhéperrê de l'accompagner dans cette inspection militaire. Hapouseneb le reçut amicalement :

— Salut à toi, Senmout! Que viens-tu faire de si bon matin dans ma maison d'enseignement?

— Je viens chercher Menkhéperrê... J'aimerais l'emmener avec moi aux mines du Sinaï...

— Mais, mon ami, tu le distrais bien souvent de ses études!

— Cela fait partie de son apprentissage, me semble-t-il, rétorqua le grand intendant.

— Et que se passe-t-il au Sinaï? Cela prendra bien plusieurs jours pour faire l'aller-retour. Crois-tu vraiment que cela soit indispensable? Il a encore tellement à apprendre!

— Hapouseneb! Ce ne sera pas une partie de plaisir. Les mineurs sont très souvent victimes des attaques perpétrées par les Bédouins de la région. Aussi, je m'en vais évaluer la situation. J'espère que tu ne trouveras pas d'objection au fait que ce genre d'expédition soit une bonne raison de le soustraire à ses leçons d'écriture!

— Très bien, Senmout! répliqua le grand-prêtre d'un air grave. Je ne peux jamais discuter bien longtemps avec toi! Ta sagesse nous fait toujours acquiescer à tes recommandations! Tu peux donc emmener Menkhéperrê sur le terrain.

Un sourire de connivence se glissa entre eux et Senenmout se dirigea vers la classe où il savait trouver le jeune pharaon. Les élèves étaient assis en rond autour de leur professeur et lorsque Menkhéperrê le vit, il se trémoussa sur son séant, prêt à bondir au moindre signe. Senenmout dit quelques mots à l'enseignant qui autorisa le jeune homme à suivre son tuteur.

Ce dernier ne se fit pas prier. Dans la fièvre de l'impatience et avec un sourire fendu jusqu'aux oreilles, il ramassa ses papyrus et ses calames et sortit de la classe sous le regard envieux des autres élèves.

Sans prendre le temps de saluer Senenmout, il s'écria :

— Où va-t-on ?

Le grand intendant, que ces visites de
reconnaissance avec son apprenti mettaient
de bonne humeur, se mit à rire joyeusement
et, le prenant par l'épaule, il lui dit :

— Nous allons aux mines du Sinaï pour
y surveiller les travaux d'extraction du cuivre
et des turquoises, et pourvoir l'ingénieur en
chef d'un contingent militaire pour protéger les travailleurs contre les attaques des
Bédouins.

— Nous partons tous les deux seuls ?

— Oui ! Pourquoi cette question ?

— Néférourê ne peut-elle nous accompagner ?

Senenmout s'arrêta de marcher et se
planta devant le jeune pharaon, le regardant
plus attentivement.

Menkhéperrê était un beau garçon, grand
pour son âge. Les exercices qu'il pratiquait à
l'armée avaient développé sa musculature.
Ses cheveux noirs et bouclés lui donnaient
une allure un peu désordonnée mais non
dénuée de charme. Ses grands yeux noirs
brillaient d'intelligence. Il avait un nez aqui-
lin et des dents resplendissantes qu'il n'hésitait pas à montrer à tout venant par des

sourires radieux. En fait, il respirait la confiance en lui-même et il était assez perspicace pour le savoir et l'attribuer à sa bienfaitrice, Maâtkarê-Hatchepsout, qu'il vénérait.

— Et pourquoi penses-tu qu'elle devrait venir avec nous? s'enquit Senenmout d'un air taquin. Ce ne sera pas une simple promenade, tu le sais bien!

Rouge de confusion, Menkhéperrê resta un petit moment silencieux puis, prenant une grande inspiration, il se décida à dire:

— N'est-il pas vrai, Seigneur, que Néférourê sera mon épouse lorsque je serai en âge de me marier? Alors, je pensais qu'il serait bien qu'elle participe à ce voyage!

— Tu penses vraiment qu'il faudrait que nous l'invitions à venir avec nous? réitéra Senenmout, un peu perplexe devant tant d'insistance.

— Oui, je le crois! Hatchepsout est bien partie à la guerre. Alors, je ne vois pas pourquoi Néférourê ne nous accompagnerait pas!

— C'est logique! Dans ce cas, allons immédiatement au palais demander la permission à Maâtkarê-Hatchepsout. Nous verrons bien ce qu'elle en dira...

Ils se dirigèrent vers la tonnelle près de l'étang aux canards où ils savaient qu'ils trouveraient la souveraine.

Elle leva la tête de ses papyrus et les accueillit avec un sourire radieux.

— Que me vaut cette agréable surprise?

Senenmout et le jeune homme se prosternèrent pour les salutations d'usage.

— Majesté! J'ai reçu tôt ce matin la visite d'un messager de l'ingénieur en chef des mines du Sinaï. Il m'apprenait que les mineurs et les ouvriers se font souvent attaquer par des hordes de Bédouins. J'ai tout de suite approuvé l'envoi d'un escadron pour les défendre, mais j'ai aussi pensé qu'il serait opportun que j'aille faire un tour de reconnaissance pour évaluer la situation.

— Je crois que c'est une bonne idée! dit la femme roi, quelque peu décontenancée par cette annonce. Il est évident que nous devons sévir et j'approuve ta décision! Quand penses-tu partir?

— Le plus tôt possible… Demain peut-être ou après-demain… Je m'en vais de ce pas donner quelques ordres au général de l'armée et préparer le voyage, mais avant, j'aimerais vous demander deux choses, Majesté!

— Oui! De quoi s'agit-il?

— D'abord, j'ai pensé que Menkhéperrê devrait m'accompagner, car je crois qu'il serait intéressant pour lui de connaître le fonctionnement des mines. De plus, l'expérience d'une mise en place d'un contingent militaire serait un bonne leçon pour lui. Enfin, la seconde chose, c'est qu'il aimerait que Néférourê soit de l'expédition...

Un petit silence suivit cette demande, puis un grand sourire se dessina sur le beau visage de la femme roi et, dévisageant le jeune pharaon avec insistance, elle dit d'un air taquin :

— Eh bien! La vie me surprendra toujours! Mais n'est-ce pas dangereux d'amener Néférourê là-bas dans ces circonstances?

— Comme l'a si bien fait observer Menkhéperrê quelques instants plus tôt, vous-même êtes bien allée à la guerre, Majesté!

Maâtkarê-Hatchepsout resta sans voix et approuva d'un geste de la tête.

2

LES MINES DU SINAÏ

Ayant reçu l'approbation de la souveraine, Menkhéperrê se lança comme une flèche à la recherche de Néférourê pour lui annoncer la nouvelle. Il la trouva assise sous un sycomore, non loin de la berge du Nil où il savait qu'elle aimait à se réfugier, plongée dans la lecture d'un papyrus. Elle sursauta quand elle le sentit se précipiter vers elle en s'écriant :

— Nous partons demain !

— Qui ça, nous ?

— Nous, toi, moi et Senmout !

— Mais comment, pourquoi et où ?

— Nous allons au Sinaï !

— Au Sinaï ? Mais pour y faire quoi ? dit Néférourê, interloquée.

Après que Menkhéperrê lui eut résumé la situation, Néférourê se leva d'un coup sous l'emprise de la joie.

— Tu es courageuse ! lui dit-il, admiratif.

Elle venait d'avoir quinze ans et des courbes gracieuses commençaient à se dessiner sur son corps qui, par ailleurs, portait encore quelques traits de la fragilité de l'enfance. Elle ressemblait autant à sa mère, Maâtkarê-Hatchepsout, qu'à son père, Thoutmôsis II, et il était évident que le frère et la sœur avaient quelque ressemblance. Mais là où lui montrait les signes indéniables de la masculinité, elle répondait par la douceur de la féminité. Elle était vraiment belle et Menkhéperrê pensa qu'il avait de la chance qu'elle lui soit destinée comme épouse. Quant à elle, par les signes euphoriques dont elle faisait montre en sa présence, signifiant qu'elle ressentait la même chose pour lui. Il lui prit la main et lui proposa d'aller faire une promenade en barque avant le repas de la mi-journée, ce qu'elle accepta avec plaisir. Au moment où ils embarquaient, Mérytrê-Hatchepsout apparut d'on ne sait où et sauta à son tour dans la petite embarcation au risque de la faire chavirer.

— Oh non! s'écria Néférourê. D'où sors-tu, toi? Tu ne peux pas nous laisser tranquilles un instant!

Malicieuse jusqu'au bout des orteils, la jeune sœur s'assit entre eux avec un petit air de défi, sans dire un mot pour une fois. Menkhéperrê se mit à rire à gorge déployée, suscitant l'admiration des deux jeunes filles. Ainsi, tous les trois, toujours en train de se chamailler, mais toujours heureux d'être ensemble, allèrent se promener sur les eaux nonchalantes du dieu fleuve.

○

Le trio formé de Senenmout, de Menkhéperrê et de Néférourê embarqua dans la cange royale qui devait les transporter jusqu'à Memphis. Il devait y retrouver le contingent militaire qui avait pris la route du désert.

Ce n'était pas la première fois que Menkhéperrê faisait ce voyage et il était heureux de pouvoir servir de guide à Néférourê. Après trois jours de navigation, ils débarquèrent à l'orée de la grande cité d'où ils devaient repartir vers le Sinaï en traversant un long désert.

Senenmout leur proposa d'aller visiter la ville et de pousser plus loin jusqu'aux trois immuables pyramides de Chéops, Kéfren et Mykérinos construites depuis plus d'un siècle et demi pour préserver les dépouilles momifiées de ces trois rois.

Néférourê était émerveillée, tandis que Senenmout et Menkhéperrê se régalaient de ses exclamations intempestives et de son bonheur.

En effet, la jeune fille exultait. Tout d'abord, être en compagnie de ses deux hommes préférés la mettait dans un état d'euphorie indescriptible. Mais c'était surtout la présence de Menkhéperrê, qu'elle n'aurait à partager avec personne pendant quelques jours, qui lui procurait une joie incommensurable.

L'amour fraternel qui avait uni Menkhéperrê et Néférourê se transformait de façon singulière et elle n'hésitait jamais à prendre la main du jeune pharaon, qui se laissait faire paisiblement, sous l'œil attendri de Senenmout.

De son côté, celui-ci se tenait coi en se remémorant les circonstances qui l'avaient amené à partager l'intimité de la souveraine dont l'amour et l'affection ne s'étaient point amenuisés au fil du temps. Rien que d'y penser faisait faire à son cœur des embardées et il n'avait de cesse de remercier les dieux de lui avoir permis de mener cette existence hors du commun. Et il se réjouissait de voir cette jeunesse qui avait grandi sous ces yeux paternels vivre le même genre d'émotion.

Ainsi, ce voyage se présentait sous de merveilleux auspices et Senenmout n'avait nul doute que ses résultats n'en seraient que plus probants.

La garnison les ayant rejoints, la caravane de chevaux, dont certains traînaient des litières, s'ébranla dès l'aube du surlendemain et atteignit rapidement sa vitesse de croisière. Tandis que les soldats allaient à pied, Senenmout et Menkhéperrê étaient juchés sur leurs chevaux.

Néférourê, quant à elle, se protégeait des rayons ardents du soleil sous les tentures de sa litière. Des servantes lui offraient des boissons tout en agitant de grands éventails de plumes de paon pour la rafraîchir.

La caravane faisant escale tous les soirs. Des tentes étaient dressées et des feux allumés pour faire rôtir quelques moutons ou gibiers du désert tels que des gazelles ou des antilopes. Après un repas bien mérité, Néférourê se mettait à chanter en s'accompagnant de son luth dont elle faisait vibrer les cordes harmonieusement. Cela distrayait son tuteur et son demi-frère qui n'avait de cesse de la contempler d'un regard ébloui. Ces intermèdes musicaux mettaient aussi les soldats en joie et certains venaient même baiser le bas de sa robe pendant qu'elle chantait.

Au fur et à mesure qu'ils avançaient, le désert se transformait en un paysage grandiose de montagnes de sable rouge, de rocailles et de rochers parsemés de vallées herbues. La caravane grimpa par des sentiers taillés dans la roche. Les nuits devenaient plus fraîches au fur et à mesure que l'expédition montait en altitude. Au bout de quelques jours, les voyageurs entendirent cogner les pics des mineurs et comprirent qu'ils étaient enfin arrivés à destination.

Ils furent accueillis par l'ingénieur en chef. Senenmout se présenta ainsi que les jeunes gens devant qui l'homme se prosterna. Puis s'adressant directement à eux :

— Majestés ! Vous me comblez d'un immense honneur ! Soyez les bienvenus !

Puis, en s'adressant à Senenmout :

— Seigneur ! Je suis heureux de pouvoir vous informer de tout ce qui se passe dans ces mines depuis leur réouverture. Mais j'imagine que pour l'instant vous voudrez vous restaurer et vous reposer de votre voyage. Dès demain, je pourrai vous faire visiter nos installations et vous en expliquer le fonctionnement.

Il ordonna à quelques hommes de dresser les tentes et d'accommoder les invités comme il se devait. Senenmout approuva et décida qu'il était en effet grand temps pour son petit groupe de prendre du repos. Les serviteurs préparèrent des bassines d'eau qui furent chauffées sur des feux de bois et dans lesquelles les voyageurs se plongèrent avec délice.

La soirée s'avéra des plus animées. Assis près d'un feu de bois sur lequel le corps dépecé d'une antilope du désert cuisait en grésillant, l'ingénieur en chef relatait la façon dont il avait entrepris la réouverture de la mine et les raisons pour lesquelles son équipe avait besoin d'être protégée.

— Comme vous le savez, Seigneur, disait-il en s'adressant à Senenmout, il m'a fallu trouver des mineurs chevronnés, certains pour extraire les turquoises, d'autres pour le cuivre. Cela a été plutôt facile, car après le départ des Hyksos, beaucoup de mineurs étaient sans travail et certains sont venus vers nous d'emblée. Mais il reste le grave problème de ces Bédouins qui ne cessent de nous attaquer et c'est pour cette raison que je vous ai envoyé un messager. J'ai déjà perdu cinq hommes dans ces échauffourées et je pense qu'une garnison est indispensable pour nous protéger. Je crois bien, Seigneur, que c'est la seule faveur que je me vois contraint de vous demander.

— Quel intérêt ces Bédouins ont-ils de vous attaquer?

— L'appât du gain, évidemment! s'exclama l'ingénieur en chef. Lors de leur dernière attaque, ils ont pu mettre la main sur un sac de turquoises que nous n'avions pas eu le temps de cacher.

Senenmout hocha la tête en signe de compréhension.

— Vous êtes exaucés maintenant, dit-il. Ce n'est pas pour rien que j'ai entrepris ce voyage. Je voulais en effet bien comprendre le travail que vous effectuez, mais aussi et surtout m'assurer que toute revendication de votre part serait bien interprétée et que les mesures à prendre seraient bien exécutées.

Tôt le lendemain, l'ingénieur en chef vint à leur rencontre. Il les salua avec déférence et leur proposa une visite à l'intérieur des mines. Ils passèrent tout d'abord par un petit village de huttes où les ouvriers habitaient, puis après avoir descendu le sentier qui menait au centre du cratère, ils se retrouvèrent devant une ouverture béante dans la montagne, où s'affairaient une multitude d'ouvriers vêtus de simples pagnes.

— Ce sont les mineurs que vous voyez entrer et sortir de la mine, expliqua l'ingénieur. Ils sont chargés de piocher la roche pour la casser et en extraire le minerai, pour ensuite le ramener aux ouvriers dans ces paniers qu'ils portent sur la tête. Puis, ils en déversent le contenu dans ces chaudrons chauffés au charbon de bois que vous voyez là. La roche est alors amenée à une température qui permet d'en détacher le cuivre. Certains ouvriers sont affectés à cette besogne.

Ils continuèrent d'avancer vers un lieu moins exposé au soleil, à l'abri des rochers.

— Maintenant, regardez! continua-t-il en se déplaçant vers un groupe d'ouvriers. Ceux-là sont les spécialistes de la turquoise. Ils doivent l'extraire délicatement de la gangue dans laquelle elle est emprisonnée. Cette jolie pierre bleu-vert est extrêmement fragile et ne supporte pas la chaleur. C'est pour cette raison que nous la travaillons tôt le matin ou vers la fin de la journée. Nous gardons toujours au frais notre récolte de turquoises.

Il se dirigea vers une source froide qui coulait de la montagne et tira sur une corde. C'est alors que l'on vit apparaître un sac qu'il hissa et déposa sur le sol en y plongeant la main.

— Voilà, Majesté, dit-il en s'adressant à Néférourê et en sortant du sac une pierre de la grosseur d'une prune. Je suis heureux de pouvoir vous offrir cette turquoise qui est la plus grosse que nous ayons pu trouver à ce jour.

Extasiée et surtout ravie, la princesse s'en empara pour l'observer de plus près. Avec un grand sourire, elle remercia l'ingénieur en chef et lui promit de toujours la garder sur elle comme un talisman.

La visite était terminée. Rassuré par le fait que les mines soient maintenant protégées par un contingent de soldats ainsi que sur la façon dont l'ingénieur en chef s'occupait du travail, Senenmout décida qu'ils repartiraient le lendemain matin.

Alors qu'ils s'apprêtaient à prendre le repas du soir, ils entendirent des cris et des bruits de sabres qui se heurtaient. Senenmout et Menkhéperrê s'emparèrent de leurs armes et se précipitèrent hors de leur tente. Tandis que ce dernier hurlait des ordres à des soldats pour mettre Néférourê à l'abri, Senenmout lança quelques brèves consignes et ils partirent tous à l'assaut des agresseurs.

Les soldats aguerris s'opposèrent farouchement aux Bédouins qui se trouvèrent fort surpris de cette riposte à laquelle ils n'étaient pas habitués.

La bataille fit rage pendant un bon moment. Mais la garnison, sous le commandement efficace de Senenmout, eut tôt fait de les vaincre. Les attaquants prirent la fuite, laissant quelques cadavres derrière eux.

L'ingénieur en chef vint au-devant de Senenmout en s'exclamant:

— Nous les avons bien eus! J'espère que désormais ils ne reviendront plus. Mais vous comprenez maintenant, Seigneur, la raison de ma requête.

Senenmout approuva:

— En effet, dit-il, il était temps qu'on arrive.

De son côté, voyant que la bataille était terminée, Menkhéperrê avait couru vers la tente de Néférourê afin de s'assurer qu'elle avait été bien protégée. Elle le reçut avec un sourire charmant qui le fit fondre de bonheur.

Le calme revenu, l'ingénieur en chef fit tout en son pouvoir pour rendre cette dernière soirée la plus agréable possible. Il plaça quelques veilleurs autour des mines afin qu'aucune mauvaise surprise ne vienne pas les déranger. Dans le grésillement des feux de bois sur lesquels des carcasses de moutons rôtissaient, ils firent sonner leurs luths et leurs tambourins pour fêter leur victoire.

Dans les hauteurs montagneuses qui leur faisaient croire qu'ils pouvaient toucher les étoiles du bout de leurs doigts et s'asseoir sur le croissant de lune comme sur une balançoire, Néférourê et Menkhéperrê, las et pressés de se retrouver seuls, s'éloignèrent du groupe et se couchèrent côte à côte sur la roche, laissant leur imagination vagabonder au gré de la Voie lactée et de la myriade d'étoiles formant les constellations qui s'offraient à leurs yeux émerveillés. Loin des convives, ils pouvaient éprouver le bonheur de se sentir seuls au monde.

Soudain, ne pouvant plus y résister, le cœur en émoi, Menkhéperrê prit la main de Néférourê dans la sienne et se pencha doucement vers elle. Pour la première fois, il s'empara de sa bouche qu'il goûta comme à un fruit enivrant.

3

LE CONTE DU NAUFRAGÉ

Maâtkarê-Hatchepsout se réveilla avec un rêve étrange dans la tête. Dès qu'elle fut debout, elle envoya un garde chez Sat-Rê pour demander à celle-ci de venir la rejoindre. Tandis que sa suivante Hanié l'aidait à s'habiller, son ancienne nourrice arriva avec l'air réjoui d'une personne qui sait qu'elle est désirée. Prenant le peigne en or avec lequel Hanié coiffait sa maîtresse, elle la poussa gentiment et prit sa place derrière sa bien-aimée Hatchepsout. Puis, pour la taquiner :

— Que veux-tu, Hatchepsout ? Tu n'as pas fini de me déranger dans ma retraite ?

Sans se laisser inquiéter par cette remarque et trop préoccupée par ce qu'elle voulait savoir, Maâtkarê-Hatchepsout alla droit au but :

— Tu te souviens, Sat-Rê, de l'histoire que tu me racontais toujours quand j'étais petite ?

— Tu es toujours petite pour moi, mon roi ! Mais je t'en racontais plusieurs. De quelle histoire parles-tu ?

— Celle du voyageur qui partait pour Pount[1] et qui avait fait naufrage…

— Oui, je m'en souviens. Il s'agit du conte du naufragé, celui qui est parti vers la «Terre du dieu[2]» et qui est revenu comblé de richesses incroyables. Pourquoi me poses-tu cette question?

— J'ai rêvé qu'Inéni se trouvait en plein milieu de ses jardins aux mille arbres odori-férants et qu'il me disait que je devais mener une expédition au pays de Pount.

— Quelle expédition? Tu as l'intention d'envoyer tes gens dans ce pays?

— Pas jusqu'à ce matin…

— Et maintenant?

— Il va falloir que j'en discute avec Pen-Nekhbet!

— Mais Pen-Nekhbet s'est retiré sur ses terres à Memphis; tu as vraiment l'intention de le ramener?

— Bien sûr. Il est le seul à pouvoir me conseiller dans cette entreprise parce que c'est lui le plus sage et parce que c'est aussi celui qui est parti le plus loin! Mais avant

1. Pount: pays situé beaucoup plus au sud de l'Égypte.
2. «Terre du dieu»: autre nom donné au pays de Pount.

tout, j'aimerais que tu me narres de nouveau ce conte qui s'est effacé de ma mémoire…

— Et que dire de la mienne alors? Si je peux me rappeler! dit Sat-Rê en fronçant les sourcils pour se concentrer. Je crois qu'on a trouvé l'histoire de l'homme qui a eu le courage de partir vers la «Terre du dieu» gravée sur les murs d'une grotte, non loin du rocher de Napata sur la route de Pount.

— Quel rocher de Napata?

— Ce rocher est situé aux environs de la quatrième cataracte. Ton père, Thoutmôsis Ier, a eu l'occasion de le voir lors de son expédition à Koush. Mais comment se fait-il que toi-même ne l'aies pas vu lorsque tu es allée combattre les Nubiens?

— Nous ne sommes pas allés si loin; la bataille s'est déroulée entre la troisième et la quatrième cataracte.

— Donc, je continue, ce rocher est considéré comme un lieu sacré par les indigènes de la région qui le vénère comme le dieu Amon-Nil. Il a la forme d'un cobra à la tête dressée, comme l'uræus que tu portes à ton front, son menton est orné de la *khébésèt*[1], une sorte de barbe postiche recourbée qui, selon

---

1. *Khébésèt*: barbe postiche que seul le pharaon portait.

ceux qui se sont déjà rendus au pays de Pount, correspond à celle que portaient les Khébéstious[1], les habitants de ce pays.

— Et pourquoi appelle-t-on Pount, la « Terre du dieu » ?

— Tu devrais poser cette question à Hapouseneb.

— Hapouseneb ?

— Oui, Hapouseneb ! Le grand-prêtre pourra te dévoiler certains détails initiatiques concernant la « Terre du dieu ». Mais, pour revenir au conte du naufragé, à vrai dire, je ne sais pas si c'est une légende ou une histoire vraie, mais il est possible que cet homme dont on ne connaît pas l'identité ait bien atteint et habité quelque temps le pays de Pount. À son retour vers l'Égypte, son bateau a été pris dans une tempête épouvantable et a fait naufrage. Seul survivant, il a nagé longtemps pour finalement se réfugier sur une île appelée Kâ où régnait un dieu-serpent. On pense aujourd'hui que cette île pourrait être située près du rocher de Napata. Quoi qu'il en soit, quelque temps plus tard, un bateau égyptien s'est arrêté devant cette île et a ramené le naufragé avec tous les

---

1. Khébéstiou : qui signifie « les gens à la barbe recourbée ».

trésors que le dieu-serpent l'avait aidé à sauver du naufrage. On ajoute que l'île fut engloutie par les flots après son départ…

Un petit silence suivit ce récit. Maâtkarê-Hatchepsout était subjuguée par cette histoire qui avait bercé sa jeunesse. Puis, se levant soudain de sa chaise, elle s'exclama :

— Il n'y a plus un instant à perdre !

— Tu comptes vraiment entreprendre cette expédition ?

— Eh bien, je vais commencer par m'informer auprès de Pen-Nekhbet s'il est possible de la faire, ensuite, je verrai.

— Tu n'auras jamais fini de m'étonner, dit Sat-Rê d'un ton résigné qui n'excluait pas toutefois une certaine admiration.

Maâtkarê-Hatchepsout envoya un messager à Pen-Nekhbet qui, depuis son retour de la dernière guerre en Nubie et après le couronnement de la femme roi, avait décidé de se retirer sur ses terres de Memphis. Il arriva quelques jours plus tard et, accompagné de Senenmout revenu de son périple au Sinaï, il se rendit à la réunion où l'attendaient les proches collaborateurs habituels de Maâtkarê-Hatchepsout.

Après les salutations d'usage, celle-ci les surprit tous lorsqu'elle leur annonça d'emblée :

— Mes chers amis, je vous remercie d'avoir répondu à mon appel, surtout Pen-Nekhbet. Et, comme je sens votre curiosité en éveil, je ne vous ferai pas languir plus longtemps. J'ai décidé d'entreprendre un voyage au pays de Pount et j'ai besoin d'en savoir plus sur la question pour bien évaluer les risques et les périls d'une telle aventure avant de m'y lancer.

Cachant sa surprise, Pen-Nekhbet répondit en mesurant ses mots :

— Majesté ! C'est une grande entreprise qui demande beaucoup de réflexion. Êtes-vous bien sûre de vouloir aller dans cette direction ?

Avant qu'elle ne prenne le temps de répondre, il continua :

— Pour ma part, je suis d'accord pour que Votre Majesté s'intéresse à la question et qu'elle entame ses premières recherches pour définir le meilleur chemin à suivre…

— Mais d'abord, pourquoi appeler Pount la « Terre du dieu » ? demanda-t-elle en se tournant vers Hapousaneb.

— Il existe plusieurs interprétations, répondit ce dernier, mais l'une d'entre elles me semble la plus plausible. Les Khébéstious portent au menton une barbe recourbée qui ressemble à celle du dieu Amon-Râ. Par quelle extraordinaire coïncidence les habitants de Pount connaissent notre dieu Amon-Râ, cela demeure un mystère. Mais il pourrait bien s'agir là de la preuve qu'Amon-Râ est le dieu des dieux, dominant toutes les terres.

— Et où se trouve le pays de Pount? demanda le roi.

— Pour autant que je sache, répondit Pen-Nekhbet, d'après mes expéditions lointaines aux côtés de votre père, Thoutmôsis Ier, il me revient qu'il est situé au-delà de la cinquième cataracte.

— Mais on peut quand même avoir une bonne idée de son emplacement?

— Sans doute! répondit Pen-Nekhbet. Mais seuls les *sémèntious*[1] peuvent nous renseigner de façon précise sur le sujet. Je pense qu'ils sont les seuls à avoir atteint la « Terre du dieu ».

— Mais alors, faudrait-il renoncer à notre projet? s'enquit Nehesy.

— Un instant, s'interposa Pen-Nekhbet. N'oubliez pas toutes les merveilles et les richesses que l'on pourrait rapporter de ce pays si une telle expédition réussissait. Je connais d'ailleurs un vieux *sémèntiou* qui

1. *Sémèntiou* : nom donné aux caravaniers de l'époque.

saura nous indiquer le meilleur chemin à suivre. Car où croyez-vous qu'Inéni se soit procuré tous les arbres à essences rarissimes que l'on voit dans son jardin ? Par ce même *sémèntiou*, bien entendu ! Je sais qu'il réside à Thèbes et vous pouvez le convoquer immédiatement si vous lui envoyez un messager.

— Amenez-le-moi tout de suite ! s'exclama la souveraine. Nous allons prendre un peu de repos et nous le rencontrerons après la sieste.

Maâtkarê-Hatchepsout ordonna que l'on prépare un déjeuner qu'elle partagera avec ses amis à l'ombre de la tonnelle, près de l'étang aux canards, son lieu de prédilection.

Ils étaient encore là à converser, quand un vieux *sémèntiou* éberlué se prosterna devant son roi.

— *Sémèntiou*, demanda d'emblée Maâtkarê-Hatchepsout, il paraît que tu es parti plusieurs fois au pays de Pount.

— Deux fois, Majesté !

— Tu connais donc le chemin à prendre pour y arriver ?

— Oui, Majesté !

— Et où se trouve ce fameux pays ?

— À plusieurs jours de navigation après le pays de Koush sur le fleuve Nil. Il faut traverser la cinquième cataracte.

— Impossible! s'exclama Maâtkarê-Hatchepsout. Comment les bateaux peuvent-ils franchir cette cataracte?

— C'est la partie la plus difficile du voyage, car le seul moment où on peut y parvenir, c'est lors de l'inondation. Les eaux sont alors assez élevées pour recouvrir les cataractes et permettre ainsi aux bateaux de passer, expliqua le caravanier.

— Oui, mais il faut avoir le temps de toutes les franchir pendant la crue. Comme il y en a cinq, l'inondation ne dure pas assez longtemps pour que les bateaux aient le temps de toutes les passer, répliqua Nehesy.

— Vous avez raison, Seigneur. C'est pour cette raison que c'est la partie la plus dure du voyage. Si vous permettez, je voudrais ajouter qu'au cours d'un de mes voyages, il nous a fallu camper sur les rives quatre saisons d'affilée pour attendre la prochaine crue.

— Est-ce à dire que tous ceux qui faisaient partie de la caravane ont vécu sur cette rive jusqu'à une nouvelle inondation? s'informa Maâtkarê-Hatchepsout.

— Oui, Votre Majesté!

— Ensuite? questionna-t-elle.

— Ensuite, pour atteindre la «Terre du dieu», qui se trouve sur les rives de l'Ouadj-our, il faut débarquer des bateaux et traverser un grand désert du nom de Bayouda[1].

— Qu'est-ce que l'Ouadj-our ? demanda la souveraine perplexe.

— C'est le fleuve Nil qui, lorsqu'il est en crue, forme un grand lac appelé Ouadj-our que l'on atteint un peu avant le pays de Pount et qui, une fois que les eaux se sont résorbées, se transforme en vallée verdoyante…

— Mais, interrompit la femme roi, je comprends que, malgré le temps que cela peut prendre, le pays de Pount est accessible, puisque tu y es allé à deux reprises dans ta vie.

— Oui, Votre Majesté !

— C'est tout ce que j'ai besoin de savoir ! s'exclama Maâtkarê-Hatchepsout, rouge d'excitation. Prince Nehesy ! Tu es désormais responsable des préparatifs du départ. Le *sémèntiou* t'aidera à tout planifier et je veux que le voyage soit entrepris dès la prochaine inondation. Vous avez quelques mois devant vous pour tout mettre en marche.

Puis, s'adressant à Senenmout :

— Quant à toi, Senmout, j'aimerais que tu ouvres les cordons de la bourse à ces

---

1. Bayouda : désert qui se trouvait dans l'actuel sud du Soudan, à la frontière de l'Érythrée.

braves gens pour qu'ils puissent travailler à l'aise.

Même si Senenmout n'avait fait qu'écouter, puisqu'il avait préalablement discuté du projet avec la souveraine et Hapouseneb, il était heureux qu'elle ait pris cette décision qui lui tenait à cœur. Il acquiesça donc en souriant et en se prosternant.

Le lendemain, Maâtkarê-Hatchepsout alla, comme d'habitude, au temple avec sa mère Ahmès, pour faire ses dévotions à Amon-Râ. Cette fois, elle était aussi accompagnée de Senenmout et de Nehesy. Dans ses habits de grand-prêtre, Hapouseneb les reçut avec tous les égards qui leur étaient dus et ils entrèrent ensemble dans le naos.

Dans la salle, un novice allumait les chandelles et les lampes à huile une à une, faisant jaillir des ténèbres la statue d'or du dieu primordial. C'était une cérémonie intime que Maâtkarê-Hatchepsout appréciait au plus haut point. Ce jour-là pourtant, il se produisit un événement qui marqua la petite assemblée.

Dans le calme absolu du naos où ils se recueillaient en priant et en remerciant Amon-

Râ de ces bienfaits, le dieu primordial, à l'étonnement de tous, se mit à parler :

« *Toi, Maâtkarê-Hatchepsout-Khénémet-Imen, découvre des chemins vers les escaliers d'oliban, conduis l'armée par eau et par terre pour rapporter les merveilles de la "Terre du dieu".* »

Abasourdie, la souveraine se prosterna devant le dieu des dieux et tous les autres comprirent que l'expédition au pays de Pount n'était pas due à un simple caprice de la souveraine, mais bien à l'intuition profonde que sa divinité lui conférait.

En sortant du temple, ils marchèrent en silence pour rentrer au palais. Ce n'est que dans la barque qui les ramenait que Senenmout prit la parole :

— Majesté ! Il n'y a plus de doute : il vous faut entreprendre ce voyage et je suis prêt à accompagner Nehesy, si vous le désirez...

Maâtkarê-Hatchepsout sentit son cœur s'arrêter de battre et se mit à blêmir. Tous les autres se regardèrent, consternés, et, dans le silence qui suivit cette intervention, elle demanda, le souffle court :

— Pourquoi partir alors qu'ici tout te réclame ?

Senenmout se mit à rire :

— Majesté ! C'est pour vous rendre service... Une telle aventure demande beaucoup d'expérience, ceci étant dit sans vouloir mettre en doute les capacités de Nehesy, ajouta-t-il en se tournant vers ce dernier et en lui souriant de façon coquine pour lui faire comprendre que ce n'était qu'une taquinerie.

Du côté des amis, l'atmosphère se détendit, mais Maâtkarê-Hatchepsout ne le prit pas sur ce ton. Une colère inattendue s'empara d'elle, empourprant son visage et son cou.

— Tu n'es qu'un sot prétentieux, Senenmout, s'écria-t-elle à la consternation de tous.

— Pardonnez-moi, Majesté! dit-il, aussi étonné que les autres. Je ne pensais pas que cette proposition vous affecterait à ce point!

— Tu es donc satisfait maintenant de connaître mes sentiments à cet égard, c'est cela que tu cherchais, n'est-ce pas?

— Majesté! Je vous assure qu'il n'y avait aucune préméditation dans ce geste!

— Eh bien! Tu sauras que j'ai décidé que tu partirais avec Nehesy… Et maintenant, la discussion est close!

Toutes les personnes présentes n'avaient encore jamais vu leur reine se quereller avec le grand intendant, c'était bien la première fois.

Hapouseneb fit un geste pour parler, mais le regard glacial chargé de douleur et de ressentiment que la souveraine lui lança l'empêcha d'ajouter quoi que ce soit. Lorsque la barque amarra, ils se séparèrent sans qu'un mot de plus ne soit échangé.

4

VERS LA « TERRE DU DIEU »

Senenmout était déconfit. Il rentra chez lui et s'enferma dans son bureau. Même son frère ne put le consoler de la grande peine qui envahissait tout son être. Maâtkarê-Hatchepsout disait-elle vrai? Devrait-il réellement partir? Et si cela était, combien de temps resterait-il sans pouvoir la voir, la toucher, l'aimer comme elle lui avait permis de le faire ces dernières années?

Son cœur lui faisait tellement mal qu'il en eut la nausée. Un coup discret à la porte le sortit de sa torpeur. Hapouseneb entra avec délicatesse et s'adressa à lui avec empathie:

— Ce n'est rien, Senmout! Tu verras qu'elle reviendra sur sa décision! Ne t'en fais pas! Mais surtout, ne te laisse pas abattre de cette manière!

— Mon ami, toi qui sais combien je l'aime! Tu comprends, n'est-ce pas, que je n'ai pas voulu lui faire de la peine!

— Bien sûr, on le sait tous, mais cette réaction vient certainement du fait qu'elle t'aime aussi!

— Elle ne me l'a jamais dit!

— Vraiment! Il faut être aveugle, sourd ou sot, mais en tout cas, pas prétentieux comme elle dit, pour ne pas le savoir…

— Elle ne me l'a jamais dit!

— Eh bien! Moi, je te le dis! On ne peut pas avoir ce genre de réaction si on n'aime pas follement!

— Tu me fais du bien, et pourtant, je ne sais plus quoi penser ni comment agir…

— Tu vas agir comme un homme fort… Tu vas aller la retrouver et t'expliquer avec elle. Je suis presque assuré qu'en ce moment même, elle regrette déjà de t'avoir humilié devant nous tous!

— Je ne suis pas humilié, je suis dévasté!

— Il suffit! Mon amitié pour toi me permet de te parler sur ce ton. Arrête de t'apitoyer et va à sa rencontre!

— Laisse-moi un peu de temps pour comprendre et accepter tout ça. Je te promets que je ne tarderai pas à y aller…

Pourtant, il n'en fit rien.

Senenmout ouvrit les yeux et aperçut, dans le firmament où les dernières étoiles s'éteignaient pour céder leur place à l'aurore,

145

l'épervier millénaire de l'Égypte qui fonçait droit sur lui. Il souleva son bras pour protéger son visage de l'attaque imminente, mais l'oiseau s'abattit sur une proie non loin de lui, saisit cette dernière dans ses serres griffues et remonta aussi rapidement dans la limpidité de l'azur matinal. Pas encore tout à fait réveillé, il ne comprenait pas pourquoi il se trouvait en pleine nature à l'aube d'un jour nouveau, au beau milieu des roseaux et des papyrus qui poussaient le long des berges du Nil. Couvrant le clapotis de l'eau, le chant des oiseaux emplit l'atmosphère et les cigales reprirent leur stridulation.

Il se leva aussi péniblement que s'il portait un hippopotame sur ses épaules. Il observa le soleil poindre à l'horizon et ses premiers rayons illuminer le sable doré du désert. La silhouette du palais de granit rose surgit de l'ombre et le magnifique jardin qui l'entourait offrit le cœur de ses fleurs à l'astre divin.

Tout à coup, il se rappela que, la veille, Maâtkarê-Hatchepsout et lui s'étaient querellés. Après le départ de son ami Hapouseneb, qui avait tenté de le consoler, il avait quitté sa maison dans un état second et, pendant de longues heures, il avait erré sur les rives du Nil, tentant d'apprivoiser sa peine. La douleur qui l'avait abandonné à l'orée du sommeil s'emparait de lui à nouveau.

C'est alors qu'il entendit son frère Païry l'appeler:

— Senmout! Je te cherchais partout! Qu'est-ce que tu fais là?

Le grand intendant sourit tristement et dit:

— Salut à toi, petit frère! Ne me le demande pas, je ne le sais pas moi-même! Mais ne t'inquiète pas, tout va bien! Allons prendre une bouchée avant que j'aille travailler!

Sur la terrasse, la table était déjà dressée. Pain d'épeautre, beurre de lait battu, fromage de chèvre et miel constituaient le repas que Senenmout engloutit hâtivement puis, après ses ablutions matinales, il se dirigea vers le palais pour entreprendre ses activités de la journée.

Il vit venir vers lui un soldat de la garde du roi et sa respiration se figea.

La veille, Maâtkarê-Hatchepsout avait pleuré toutes les larmes de son corps. Cela faisait longtemps qu'elle n'avait pas laissé parler ses sentiments, puisque son rôle de roi l'avait forcée à devenir impénétrable. Or, cette altercation entre elle et Senenmout lui faisait voir une réalité dont elle n'avait pu se douter jusqu'à présent!

Lui avait-elle dit à quel point elle l'aimait et combien sa présence était nécessaire à sa vie? Sans doute, mais depuis trop longtemps déjà, elle le tenait pour acquis, et maintenant, il essayait de l'éprouver. Elle sentit la colère monter en elle de nouveau, mais s'éteindre aussitôt par le besoin de l'avoir à ses côtés. Les sentiments mitigés qui s'agitaient en elle avaient fini par l'épuiser. Elle avait enfin trouvé le sommeil et lorsqu'elle se réveilla ce matin-là, elle se sentait un peu plus calme et prête à avoir une conversation avec lui.

Le garde lui annonça que Senenmout était à la porte et, sur un signe d'elle, il le fit entrer. L'homme à l'allure prestigieuse dans son habit de grand intendant s'agenouilla devant sa reine et attendit. En le voyant ainsi prosterné devant elle, elle étouffa sous la poussée de l'immense sentiment qui enva-hissait tout son être. Sans un mot, elle s'age-nouilla elle aussi. Face à face, les yeux dans les yeux, ils purent enfin évaluer la grandeur de leur lien. Maâtkarê-Hatchepsout oublia qu'elle était roi et Senenmout ne se rappela plus qu'il n'était au départ qu'un simple paysan. Ils n'étaient plus qu'un homme et une femme que l'amour unissait, un amour incommensurable, un amour qui effaçait toute trace de fierté et se matérialisait dans son essence la plus pure. Senenmout ne résista pas et la prit dans ses bras, alors Maâtkarê-Hatchepsout se serra contre lui :

— Je t'aime ! dit-elle tout simplement.

C'était tout ce qu'il voulait entendre.

Cependant, après un moment, Maâtkarê-Hatchepsout se dégagea doucement des bras de son amant et, en se levant, le regarda d'un air grave.

— Senmout ! commença-t-elle de sa voix profonde. Malgré ce qui nous unit, je ne peux revenir sur la décision que j'ai annoncée devant tout le monde. De plus, j'ai réfléchi à ta proposition et je pense qu'elle est tout à fait logique.

— Qu'est-ce que ça veut dire ? s'enquit Senenmout, alarmé.

— Eh bien ! Que tu vas tout de même partir…

— Non, Majesté ! Ne me fais pas ça ! supplia Senenmout toujours à genoux.

— Senmout ! Ce n'est pas de gaieté de cœur que je vais te laisser partir, mais plusieurs bonnes raisons m'imposent cette décision. Tout d'abord, cette expédition est trop importante pour que Nehesy en soit seul responsable, et je pense aussi qu'il est temps que nous fassions le point entre nous!

Il se leva et tendit les mains vers elle en demandant avec une soudaine humilité:

— Qu'est-ce à dire?

— Cela veut dire que nous avons besoin de mettre un peu de distance entre nous et que l'occasion s'y prête sans que cela porte à des commentaires désobligeants dans notre entourage.

— Majesté!... tenta-t-il pour se défendre.

— Senmout! Ne me rends pas la tâche plus difficile. Je suis certaine que tu comprends mes motifs. Ce voyage au pays de Pount est le grand défi de mon règne. Ni toi ni moi ne devons sous-estimer l'importance et l'ampleur de cette mission et, je le répète, je ne peux en abandonner l'entière responsabilité au seul Nehesy. C'est de toi que cette expédition a besoin pour être menée à bon terme! Je sais qu'au fond de toi, tu approuves ma décision. Aussi, j'aimerais que tu y consentes sans trop me résister...

Le grand intendant se prosterna et sortit de la salle presque courbé sous le poids de sa peine et dans le silence absolu.

Au beau milieu de l'été, les préparatifs du départ étaient presque achevés. Senenmout avait donné ordre au trésorier royal d'approuver les dépenses nécessaires pour mettre le projet à exécution.

Depuis sa dernière rencontre avec la femme roi, il gardait une certaine réserve à son endroit. Il pensait que leur relation ne pourrait jamais plus être comme avant.

De son côté, Maâtkarê-Hatchepsout ne faisait rien pour améliorer la situation, malgré sa profonde douleur de voir partir son bien-aimé. Elle avait décrété le départ du grand intendant au pays de Pount et ne pouvait plus revenir sur sa décision, si bien qu'une certaine distance s'était installée entre eux.

Assise sous la tonnelle, elle attendait l'arrivée de la petite délégation chargée de l'organisation du voyage.

Senenmout apparut, accompagné de Nehesy et du *sémèntiou*.

Ils se prosternèrent avec déférence.

Rompant le silence obstiné de Senenmout, Nehesy prit la parole :

— Majesté ! Tout est prêt pour le voyage. Nous avons affrété cinq vaisseaux pour

remonter le fleuve jusqu'à la cinquième cataracte. Parvenus à ce stade, nous examinerons
la situation, car si les flots deviennent trop
tumultueux, il nous faudra peut-être progresser par la rive. Nous amarrerons donc
les bateaux et nous pénétrerons à l'intérieur
des terres où nous devrons traverser le désert
de Bayouda. Une fois cette étape franchie,
nous serons alors presque arrivés à destination. Nous pourrons atteindre Pount en lon-
geant la rivière de l'Atbara qui nous conduira
directement à une sorte de vallée en plein
cœur de la «Terre du dieu».

— Mais qui s'occupera des bateaux pendant votre absence?

— Tout est prévu, Majesté! Nous les
amarrerons tout de suite après la cinquième
cataracte. Le *sémèntiou* m'a affirmé que les
peuples riverains de l'endroit sont des gens
hospitaliers et qu'ils recevront votre ambas-
sade avec tous les égards qui vous sont dus,
à vous, la femme roi d'Égypte, qu'ils res-
pectent et admirent de loin. Nous laisserons
une garnison sur la rive pour surveiller les
bateaux.

— Quand pensez-vous revenir?

— Nous ne pourrons reprendre le chemin du retour qu'au moment d'une nouvelle
crue, car il nous faut faire le même parcours

fluvial et traverser les cataractes lorsque les eaux sont assez hautes pour les recouvrir et permettre à nos bateaux de passer.

— Ainsi, je ne peux espérer vous revoir à la prochaine inondation ?

— Nous ne savons pas, Majesté ! Car, qui nous dit ce qui se produira une fois que nous serons arrivés, cela sans oublier que nous partons à l'aventure et que nous ne savons pas non plus ce qui nous attend en cours de route.

— Je vous envoie vers la « Terre du dieu » à la demande même d'Amon-Râ, il ne peut donc rien vous arriver de mal.

Nehesy s'inclina sans répondre. Pouvait-il dire à la divine personne qui se trouvait en face de lui, que malgré la minutie avec laquelle ils avaient préparé cette expédition, des imprévus et des impondérables pouvaient survenir à n'importe quel instant du voyage ?

— Quand pensez-vous partir ? demanda le roi, impatient.

— Dans trois jours, Majesté ! Ainsi, nous irons à la rencontre de l'inondation qui ne saurait tarder. Dès que la première cataracte atteindra un niveau d'eau assez élevé pour laisser passer les navires, nous la franchirons. Ensuite, il nous faudra accélérer la cadence pour passer les autres cataractes avant le retrait des eaux.

Maâtkarê-Hatchepsout approuva d'un hochement de tête. Ce rêve qu'elle chérissait depuis sa plus tendre enfance se réaliserait bientôt et cela aurait dû suffire à la combler de bonheur. Pourtant, son cœur n'était pas à la fête.

Râ n'avait pas encore percé le firmament de sa lumière que déjà la femme roi, Maâtkarê-Hatchepsout, accompagnée de sa famille et de ses proches conseillers, se tenait droite et fière sur les quais de Thèbes. Tous les habitants du palais étaient venus assister au grand départ. Le grand-prêtre Hapouseneb et sa horde de moines et de moinillons étaient montés à bord des cinq bateaux et balançaient leurs encensoirs pour conjurer le mauvais sort, priant Amon-Râ de mener les explorateurs sains et saufs vers le lieu de leur destination et de les ramener avec toutes les richesses pour lesquelles cette entreprise avait été mise sur pied.

Sur la rive se pressait un peuple enthousiaste, criant sa joie et brandissant des palmes pour saluer le corps expéditionnaire.

Le grand intendant et chef de la mission, Senenmout, le prince Nehesy, le *sémèntiou*, ses acolytes ainsi que les soldats de l'armée se tenaient au garde-à-vous aux abords des bastingages.

Une fois Hapouseneb et ses moines redescendus sur les quais, la reine donna le signal du départ. Et dans le silence qui s'abattit soudain sur la foule en admiration, le son des trompettes et des cors s'éleva dans le ciel qui se teintait d'une clarté étincelante.

Les bateliers hissèrent les voiles qui se gonflèrent instantanément au vent de l'aube et la flotte se détacha lentement des quais sous les acclamations et les applaudissements de la foule qui s'excita de nouveau face au majestueux cortège naval.

Maâtkarê-Hatchepsout regardait avec intensité le grand intendant qui se tenait debout à la proue du vaisseau maître. Il se pencha vers l'avant en signe de respect et leurs yeux se croisèrent. Personne ne pouvait évaluer la charge de douleur que provoquait cette séparation... Senenmout fut le premier à détourner le regard et, anéantie, la souveraine demeura sur l'embarcadère jusqu'à ce que le dernier bateau disparaisse à l'horizon.

Le temps de l'attente commençait...

5

PROJET DE MARIAGE

Trois saisons s'étaient écoulées depuis le départ de l'expédition vers le pays de Pount. C'était un après-midi de printemps légèrement voilé de nuages.

Le jeune pharaon Menkhéperrê et Néférourê se promenaient dans les jardins du palais en se tenant par la main. Depuis leur retour de la province du Sinaï, ils ne se quittaient presque plus, à l'exception des moments où le jeune pharaon devait impérativement étudier ou lorsque Maâtkarê-Hatchepsout le convoquait pour travailler avec elle, ce qu'elle avait commencé à faire depuis quelque temps pour l'initier à son rôle de pharaon.

Près de la berge, ils s'assirent sous un saule pleureur et regardèrent ses branches se traîner langoureusement sur l'eau du fleuve. En silence, ils observèrent des fourmis transporter des petites brindilles et quelques miettes de nourriture. Un poisson jaillit de l'eau et replongea dans un clapotement familier.

Menkhéperrê était préoccupé, tandis que Néférourê se demandait ce qui pouvait bien le distraire de sa splendide présence.

— Pourquoi ce silence? se risqua-t-elle à demander.

— Savais-tu que les Nubiens recommencent à faire du grabuge et que nous devrons peut-être repartir en guerre?

Le cœur de Néférourê se serra dans sa poitrine.

— Non, je ne le savais pas! Mais qu'est-ce que cela a à faire avec nous?

— Tu ne vois pas que je devrai alors partir?

— Partir? souffla Néférourê, tout à coup alarmée.

— Oui, j'ai presque seize ans maintenant, je suis donc en âge de faire la guerre et il n'est pas question pour moi de laisser filer cette occasion…

— Je ne comprends pas! Nous avons assez de vaillants généraux dans notre armée qui pourront s'en occuper sans que tu aies besoin de partir!

Menkhéperrê se leva, indigné…

— Comment oses-tu? Comment peux-tu croire un tout petit instant que je me soustrairais à mon devoir de pharaon?

— Je n'ai jamais dit ça… Mais tu as toute la vie devant toi pour faire des prouesses au vu et au su de tous, mais maintenant… aujourd'hui… alors que notre amour commence à peine à fleurir… tu veux déjà partir ?

Menkhéperrê se rassit et avec tendresse lui dit :

— Néférourê ! Je sais que ce sera dur pour toi, mais il faut que tu comprennes que c'est maintenant ou jamais que je dois prouver à Maâtkarê-Hatchepsout, aux dignitaires du royaume et au peuple égyptien que je suis LE pharaon dont le pays a besoin et que je peux accomplir ce que le peuple est en droit d'attendre de moi… Je leur montrerai que j'ai du courage et que je sais guerroyer…

La tête basse pour cacher les larmes qui commençaient à affluer à ses yeux, Néférourê ne disait mot.

— J'espère que tu comprends, insistait le jeune homme.

Néférourê hocha la tête en signe d'assentiment sans qu'aucun son ne puisse franchir la barrière de ses lèvres.

Quelque temps après, Menkhéperrê partit à la guerre en Nubie, laissant Néférourê triste et désemparée.

Ainsi commença pour elle aussi une période d'attente éprouvante.

Dans l'aube naissante et dans le plus grand secret, Maâtkarê-Hatchepsout, bien enveloppée dans des voiles, monta dans une petite embarcation que Pouymrê avait préparée de la veille. Il s'empara des rames et fila aussi vite que possible vers leur destination.

— Tu m'as dit que les travaux de ma maison d'éternité étaient presque terminés et qu'il me fallait maintenant vérifier si tout correspondait à ce que je désirais. Cependant, tu sais bien que je n'ai aucun doute sur la qualité de ton travail…

— Majesté! Voilà une troisième crue du Nil qui s'annonce depuis le départ de Senenmout. C'était lui qui me transmettait vos instructions et qui surveillait le creusement de la tombe. Si quelque chose n'allait pas, il me le faisait savoir aussitôt. Sans ses directives, il me faut maintenant avoir votre avis et être certain que le tout vous satisfait.

Il vit le visage de sa souveraine se crisper et des larmes lui monter aux yeux. Pourtant, elle prit sur elle et dit:

— Tu as raison, Pouymrê, et cela faisait longtemps que je devais venir moi-même afin d'apprécier ton œuvre. J'ai toujours remis ça à plus tard, faute de temps. C'est une bonne chose qu'on le fasse finalement aujourd'hui.

L'architecte approuva de la tête. Ils arrivèrent devant un petit ponton caché dans la végétation auquel il attacha la barque. Puis, silencieusement, ils se dirigèrent vers les montagnes rouges qui formaient l'horizon. Après avoir marché un bon moment, ils s'engouffrèrent dans une entaille rocheuse dans la montagne. Ils avancèrent dans une sorte de gorge naturelle et se retrouvèrent dans une clairière éclaboussée de soleil.

— Majesté! dit Pouymrê. J'ai donné congé aux ouvriers aujourd'hui afin que vous puissiez examiner votre caveau sans être dérangée. J'ai pensé que vous auriez quelques ultimes recommandations à me faire avant sa fermeture.

— C'est bien, allons-y!

Ils escaladèrent un échafaudage en escaliers qui permettait une ascension plus aisée jusqu'à une ouverture presque imperceptible dans le flanc de la montagne. Essoufflés et en sueur, ils pénétrèrent à l'intérieur et furent saisis par la fraîcheur humide du lieu. Pouymrê marchait en avant, une torche à la main. Ils pénétrèrent dans un couloir creusé par les ouvriers et entrèrent dans la première

des quatre salles, toutes de dimensions parfaites où seraient entassés les objets, la nourriture et toutes les richesses nécessaires à la
survie de celle qui y habiterait jusqu'à son
réveil de la vie éternelle. On pouvait voir sur
les murs de la dernière salle, qui devait
recevoir le sarcophage où reposerait sa
dépouille momifiée, des fresques gravées
évoquant des moments de sa vie.

À la lueur de la torche que Pouymrê
promenait au ras des murs, Maâtkarê-
Hatchepsout examina les dessins qui la
représentaient et, pendant un moment, elle
se mit à déchiffrer les hiéroglyphes qui racon-
taient les débuts de sa vie, ses offrandes au
dieu primordial Amon-Râ, son mariage, ses
enfants et, enfin, son couronnement. Au
soulagement de Pouymrê, elle eut un grand
sourire de satisfaction.

— Cela ne pouvait être mieux, dit-elle
enfin.

Heureux et fier, Pouymrê se prosterna à
ses pieds.

— Allons, relève-toi, Pouymrê, ajouta-
t-elle. Pas de cérémonie entre nous et accom-
pagne-moi pour un repas à l'ombre de ma
tonnelle préférée…

La crue avait été généreuse et les eaux s'étaient répandues jusqu'au pied des montagnes de sable rouge et ocre qui s'étendaient au fond des plaines cultivées. La terre assoiffée les avait lentement absorbées et se trouvait maintenant recouverte d'un manteau de boue noire, le limon. Par-ci, par-là traînaient encore des mares d'eau qui brillaient au soleil.

Face à Thèbes, le fleuve se couvrait d'embarcations dans lesquelles les promeneurs en quête de fraîcheur se laissaient emporter. Les habitants de *Kémet* étaient entrés dans cette sorte de torpeur qui suivait toujours le temps de la crue. Ils s'étaient arrêtés de travailler et voyageaient d'une ville à l'autre pour visiter leurs parents et amis ou bien ils allaient faire leur dévotion dans les divers temples du pays.

Aussi oisive que le reste de la population, la reine mère Ahmès, qui prenait de l'âge, se promenait auprès de sa fille Maâtkarê-Hatchepsout. Elles déambulaient par les allées du jardin du palais en bavardant. On pouvait penser, par l'expression grave qui se peignait sur leur visage, que leur conversation était des plus importantes.

— Que se passe-t-il, Hatchepsout ? Je te sens distraite et triste !

— C'est vrai, mère! Tu sais que depuis que Senmout est parti, j'ai espéré son retour à chacune des crues du Nil et si, cette fois, il ne revient pas, je vais commencer à penser que je l'ai perdu à jamais. Je dois ajouter que je me sens complètement dévastée et démunie face à cette mésaventure.

— Mais, Hatchepsout, tu ne peux pas encore qualifier cette expédition de mésaventure! Attendons un peu pour en connaître l'issue. Pount se trouve pour nous aux confins de la terre. Il se pourrait qu'ils aient été obligés de séjourner là-bas pendant plusieurs saisons, et d'ailleurs, la fin de l'inondation nous a toujours apporté des surprises.

— Je l'espère, mère! Je l'espère!

— Et si nous parlions de nos jeunes tourtereaux, Menkhéperrê et Néférourê? dit Ahmès pour changer de sujet. Il est évident qu'ils ont de l'affection l'un pour l'autre, ce qui n'était pas ton cas à l'époque de ton mariage! Je me souviens encore comme si c'était hier de ton désarroi et de ta révolte lorsque ton père t'a obligée à épouser ton demi-frère, Thoutmôsis. Heureusement, la situation ne se présente pas de la même manière pour eux… Je pense qu'il est grand temps que nous songions à les unir. Il est vrai qu'ils sont encore jeunes, mais cela est dans nos usages.

— Oui, mère! Je suis du même avis que toi… Il faut que nous nous en occupions. Je vais en discuter avec Isis, la mère de Menkhéperrê. Quant à Néférourê, je ne m'inquiète pas de sa réaction: il ne fait aucun doute qu'elle en sera fort heureuse. Voilà un bon moment que Menkhéperrê est parti en Nubie et il ne devrait plus tarder à revenir. Ce serait le moment idéal pour les unir, puisque l'expédition de Pount n'a pas donné de résultat.

— Je ne vois pas le rapport, dit Ahmès, intriguée.

— Mère! Tu ne penses pas qu'il serait opportun de célébrer les noces de nos enfants pour tenter, par des cérémonies et des festivités, de faire oublier au peuple cette perte immense?

— Eh bien, ma fille! Je pense que tu réfléchis avec beaucoup de sagesse, comme d'habitude. Toutefois, je ne comprends pas pourquoi tu es si pessimiste.

— Tu oublies, mère, que l'homme que j'aime a peut-être disparu de ma vie pour toujours. J'ai tellement peur, mère, tellement peur. Ma douleur est immense et je m'en veux de l'avoir laissé partir. Tous mes regrets sont concentrés dans les quelques instants qui ont précédé son départ. Je ne l'ai même pas embrassé, je ne lui ai même pas dit adieu. Depuis trois inondations, je ne dors plus et l'angoisse est lancinante…

— Calme-toi, ma fille! Je pense bien que c'est toi qui oublies ce que l'oracle d'Amon-Râ t'a prédit! Que cette expédition serait un succès! Tu t'en souviens, n'est-ce pas?

Les yeux noisette de Hatchepsout s'illuminèrent soudain:

— Merci, mère! Je l'avais en effet oublié! Tu me redonnes de l'espoir!

— Nous irons demain faire nos dévotions au temple, ajouta Ahmès en prenant le bras de sa fille, afin que nos hommes rentrent sains et saufs. C'est vrai que le palais est bien vide sans eux…

Par une fin d'après-midi chaude, tandis que le soleil cherchait à se coucher derrière les dunes de sable qui prenaient des teintes crépusculaires, on vit Néférourê courir à perdre haleine dans les allées du jardin. Elle se dirigeait vers le quai, suivie de Mérytrê-Hatchepsout qui la talonnait.

— Que se passe-t-il ? s'enquit Maâtkarê-Hatchepsout à Ousèramon qui se trouvait auprès d'elle sous la tonnelle.

— Je ne sais pas, s'exclama-t-il, mais je vais aller m'en informer.

— Je viens avec vous, dit-elle, un tantinet inquiète.

La souveraine et le grand vizir s'en allèrent du côté où les deux jeunes filles avaient disparu et les trouvèrent sur le débarcadère. Robes volant au vent, elles regardaient vers le sud-ouest, les mains au front pour se protéger les yeux du soleil couchant.

À leur tour, ils portèrent leur regard dans la même direction et loin à l'horizon, au milieu du dieu fleuve, telle une apparition, une voile de bateau… puis une deuxième… puis une troisième.

Ce fut comme une illumination. Néférourê se mit à crier de joie tandis que Ousèramon ne cessait de lancer des expressions incohérentes mais qui toutes louaient les dieux et servaient à conjurer le mauvais sort.

— Mais c'est notre armée qui rentre de Nubie ! s'écria Maâtkarê-Hatchepsout, comprenant enfin que Menkhéperrê revenait de son périple.

Alors Néférourê, toute tremblante d'émotion et pleurant de joie, se jeta dans les bras de sa mère qui la laissa s'exprimer en participant royalement à son bonheur.

Les navires se rapprochaient rapidement et furent bientôt à portée de voix.

Tandis que la flotte amarrait du côté de Thèbes la Puissante pour débarquer les troupes, le bateau amiral accostait aux quais du palais. Menkhéperrê enjamba la passerelle d'un bond de guépard et se prosterna aux pieds de Maâtkarê-Hatchepsout puis, avec un sourire qui dénotait la fierté, s'exclama :

— Majesté ! Je suis heureux de vous annoncer que nous avons encore maté les rebelles et je crois bien que cette fois-ci nous aurons la paix pour longtemps… Car ils savent maintenant qu'ils ne pourront jamais nous vaincre, que nous serons toujours vigilants et que nous saurons les tenir sous notre joug.

Il semblait essoufflé et lorsqu'il posa son regard sur Néférourê, il comprit que c'était sa présence qui le mettait dans cet état.

N'osant bouger de crainte de perdre une miette de la scène qui s'offrait à ses yeux, Néférourê dévorait Menkhéperrê du regard.

— Gloire à Amon-Râ ! s'exclama la femme roi d'une voix étranglée par l'émotion. Nous sommes bénis des dieux. Il nous faut leur rendre grâce immédiatement.

Se tournant vers sa cadette, Mérytrê-Hatchepsout, la souveraine la prit par la main et dit:

— Ma chérie! Laissons-leur un peu de liberté. Nous aurons tout le temps qu'il faut devant nous pour savoir comment Menkhéperrê a vaincu les rebelles! Allons rendre visite au dieu des dieux pour le remercier de sa mansuétude à notre égard!

Elle donna le signal du départ. Dès qu'elles eurent le dos tourné, les deux jeunes gens se mirent à courir main dans la main pour se cacher dans un bosquet. Et lorsqu'ils se sentirent enfin vraiment seuls, Menkhéperrê prit Néférourê dans ses bras, la serra à l'étouffer et la couvrit de baisers.

— Enfin, dit celle-ci en reprenant son souffle. J'ai eu tellement peur que tu ne reviennes pas!

— Tu n'aurais pas dû t'inquiéter, Néférourê! Je crois que tu as oublié que le jour de mon couronnement, les oracles avaient prédit que je serais un bon pharaon. Aucune crainte de me voir mourir avant longtemps, très longtemps! dit-il avec un si grand sourire que sa mâchoire semblait sur le point de se décrocher.

La jeune fille se mit à rire.

— Bien sûr, répondit-elle, je n'avais pas pensé aux oracles! Mais j'ai une bonne nouvelle à t'annoncer. Mère m'a appris que l'on n'attendait plus que ton retour pour nous marier! Es-tu heureux?

Trop ému pour parler, il l'enlaça de nouveau en silence.

Des messagers furent dépêchés par le pays pour annoncer l'union des deux princes aînés de la famille royale. Pendant ce temps, Pouymrê allait à la rencontre de Thoutiy, le contremaître de *Djéser-djésérou*, afin de lui demander d'organiser les festivités du mariage. Il lui fit ses recommandations et, connaissant son habileté, lui laissa toute liberté d'agir à sa guise.

6

MENKHÉPERRÊ ET NÉFÉROURÊ

Dans les jardins du *Djéser-djésérou* aménagés par le défunt Inéni et dont les jardiniers s'occupaient activement pour leur conserver toute leur beauté originelle, les fleurs odoriférantes aux multiples couleurs et les arbustes plantés le long des allées offraient à la vue un paysage idyllique.

Les invités se massaient sous les arbres encore jeunes qui prenaient leur élan vers le ciel, sur les marches et sur les paliers du temple, se permettant de le visiter avant l'arrivée de la famille royale. Mais déjà, par-delà les subtils parfums de la végétation, on pouvait sentir le fumet des grillades qui rôtissaient sur les feux de bois.

L'autre côté de la rive étant inhabité, le peuple avait loué des embarcations qui, par milliers, voguaient sur le fleuve face au temple. Leur va-et-vient incessant créait une congestion de voiles blanches.

Les cors sonnèrent enfin et la cange du roi, qui s'était faufilée parmi cette multitude de barques, accosta au quai.

Ce fut Ahmès qui descendit la première, suivie du jeune pharaon coiffé du *khépéresh*[1], orné à la hauteur du front d'une tête de serpent dressé. Sa poitrine dénudée était recouverte d'un pectoral en or serti de pierres précieuses et de turquoises, et sa jupe tissée de fils d'or et d'argent avait la couleur terreuse du limon du Nil.

Il tenait par la main une Néférourê éclatante de bonheur, habillée d'une robe de couleur verte qui partait de sous ses aisselles et dévoilait la beauté juvénile de ses épaules bistrées. Elle avait à son cou, serti dans un collier d'or, l'énorme turquoise qu'elle avait reçue en cadeau de l'ingénieur en chef des mines du Sinaï, ainsi que le *ménat*, le collier des épousées que sa mère Maâtkarê-Hatchepsout lui avait mis autour du cou avant de quitter le palais. Menkhéperrê ne pouvait détacher son regard d'elle et, consciente de son effet sur lui, elle souriait d'un air satisfait en lui lançant des œillades coquines.

Que dire alors de Mérytrê-Hatchepsout qui suivait de près et qui n'avait rien à envier à sa sœur aînée. Elle venait d'atteindre sa

---

1. *Khépéresh* : couronne d'or massif aplatie sur le haut du crâne et décorée de l'uræus sur le front.

quinzième année de vie et étalait cette beauté nouvelle dont l'innocence de la jeunesse ne pouvait encore évaluer les pouvoirs. Elle avait les yeux couleur d'obsidienne sous un front large et intelligent. Sa perruque noire était ornée d'une fine couronne d'or lui encerclant le haut du crâne. Sa robe couleur d'azur annonçait des formes précoces et parfaites.

Puis, Maâtkarê-Hatchepsout apparut sur le pont du navire dans toute sa splendeur. À sa vue, les notables et les dignitaires qui attendaient sur la berge se jetèrent à terre, n'osant affronter du regard sa divinité resplendissante. Elle portait une robe ivoire, sa couleur préférée, qui contrastait avec l'éclat bronzé de sa peau, rehaussée d'un pectoral garni de centaines de turquoises et de diamants scintillants. Sur sa tête, la double couronne du pharaon de Haute et Basse-Égypte. Ses bras, encerclés de bracelets, tenaient croisés sur sa poitrine la crosse et le fléau. Elle descendit la passerelle d'un pas assuré et le cortège s'ébranla, précédé du grand-prêtre Hapouseneb. Devant leurs pieds chaussés de sandales d'or, une bouquetière lançait des pétales de roses sur leur parcours.

Pouymrê ne s'était pas trompé en confiant à Thoutiy l'organisation du mariage, tout avait été préparé avec minutie. Sur le premier palier de *Djéser-djésérou*, il avait fait dresser le dais royal. Menkhéperrê et Néférourê s'assirent sur les trônes du centre tandis que Maâtkarê-Hatchepsout s'installa sur un troisième, placé sur le côté du dais. Derrière se tenaient Ahmès et Isis, la mère du jeune pharaon et en arrière Sat-Rê, bien entendu venue elle aussi assister au mariage.

Hapouseneb s'avança lentement et, de quelques coups d'encensoir qui exhalait un arôme de myrrhe en fusion, il déclara Menkhéperrê et Néférourê unis pour la vie[1].

Une clameur s'éleva de la foule et une salve d'applaudissements suivit.

La fête commençait.

Les mets furent servis et les boissons, vin de palme et bière d'orge, furent distribuées. L'assemblée devint peu à peu euphorique, des rires fusèrent par-ci par-là, au milieu de la rumeur incessante des conversations, du chant des grillons, du coassement des

---

1. La cérémonie de mariage telle que nous la connaissons aujourd'hui n'existait pas à cette époque. Une simple déclaration consacrait les unions.

grenouilles et du crépitement des viandes qui en cuisant faisaient frémir les papilles.

Le soleil déclinait lentement vers les montagnes et les dunes de sable. Un petit vent chaud se leva, qui fit cliqueter les lanternes accrochées aux branches des arbres.

Elles furent allumées une à une comme par magie, créant des jeux d'ombres et de lumières. Sur l'eau, les lampes suspendues aux mâts des barques se reflétaient dans l'eau, la faisant scintiller comme un ciel constellé d'une myriade de petites étoiles. On aurait cru que le firmament s'était déversé dans le fleuve. Et parmi cette foule en fête, deux êtres heureux décidèrent de s'isoler pour vivre leur bonheur.

Après cette éblouissante soirée qui avait vu l'union de Menkhéperrê et de Néférourê, et qui serait sans doute une des plus belles de leur vie, le palais retomba dans une léthargie momentanée, qui fut interrompue deux jours plus tard par un autre événement aussi grandiose qu'inattendu.

— Majesté! Majesté! Réveillez-vous!

Hatchepsout se leva d'un bond de sa couche.

— Que se passe-t-il?

— Ils sont là! Ils sont là!

Hébétée et encore endormie, Hatchepsout regardait sa suivante sans comprendre:

— Qui ça, «ils»?

— Le grand intendant! Le prince Nehesy! L'expédition de Pount! Le seigneur Ousèramon est à votre porte, il veut vous voir tout de suite!

— Aide-moi à m'habiller… vite… et fais-le entrer!

Tandis que Hanié l'aidait à enfiler sa robe, Maâtkarê-Hatchepsout se sentit soudain défaillir. L'émotion était trop forte, le son d'un tambour se mit à résonner dans ses oreilles. Elle blêmit et perdit l'équilibre. Sa suivante la soutint en lui proposant de s'asseoir, mais déjà le grand vizir d'Égypte, en habits d'apparat, entrait dans la chambre et se prosternait:

— Majesté! Les éclaireurs ont aperçu les premiers bateaux de l'expédition de Pount en amont du fleuve. Il faudrait vous dépêcher, car ils sont sur le point d'arriver aux portes de la ville.

— Mais comment l'avez-vous su? demanda la souveraine en essayant de retrouver son souffle.

— Un de mes émissaires est arrivé à cheval pour me l'annoncer! Je vous expliquerai cela en chemin, mais pour l'instant, il ne faut pas rater leur entrée dans la ville, c'est trop important pour vous, pour eux et pour tout le monde d'ailleurs.

Il lui ouvrit la porte pour la laisser passer.

Elle n'avait même pas eu le temps de placer une perruque sur sa tête et pour une rare fois, elle apparut à tous avec les cheveux flottant au vent.

Elle sortit en courant dans les jardins où, déjà, tous les habitants du palais s'étaient rassemblés. Le jeune pharaon, sa nouvelle épouse ainsi que Mérytrê-Hatchepsout trépignaient d'impatience et quand ils la virent, ils se précipitèrent vers elle en s'écriant en chœur:

— Ils sont là! Ils sont là!

Elle prit ses filles par la main et elles se mirent à courir ensemble vers les quais, suivies de Menkhéperrê et d'Ousèramon.

Ils arrivèrent au bord de l'eau au moment même où la nef de tête apparut dans le lointain, s'approchant rapidement par la force des bras des rameurs. On pouvait maintenant clairement entendre leur souffle rauque et apercevoir le grand intendant

Senenmout, Nehesy et le *sémèntiou* debout à la proue du vaisseau qui avançait majestueusement, toutes voiles déployées.

De l'autre côté de la rive, une euphorie contagieuse s'était emparée d'une foule compacte, hurlante et gesticulante, qui accueillit cette apparition en se précipitant sur de petites embarcations pour escorter le cortège naval. Les enfants couraient le long de la rive en suivant la parade.

Maâtkarê-Hatchepsout laissait des larmes de joie couler sans retenue le long de ses joues, s'abandonnant à son extrême émotion.

Néférourê s'approcha d'elle et lui prit la main pour partager le bonheur qui ruisselait sur son visage. Qui mieux qu'elle, dont le cœur palpitait pour un homme, pouvait la comprendre.

Bien plus que l'expédition en elle-même, bien plus que les richesses qu'elle ramenait pour son Égypte chérie, c'était Senenmout, cet homme à la proue du bateau qui venait vers elle, qui la mettait dans cet état de transe. Senenmout était de retour et plus rien d'autre n'était aussi important. Elle n'avait d'yeux que pour lui.

On vit le grand intendant se tourner pour donner un ordre et soudain des cors se mirent à sonner, couvrant le vacarme de la multitude tapageuse et le claquement des rames sur la surface de l'eau.

Les grandes voiles rectangulaires déployées au vent, les navires défilèrent les uns après les autres en faisant de grands cercles devant le petit groupe royal avant de s'immobiliser à quai.

— Ils sont de retour et mon peuple est heureux! murmura Maâtkarê-Hatchepsout au milieu de ses pleurs.

Tandis que les autres vaisseaux accostaient de l'autre côté de la rive au milieu du peuple surexcité, le bateau maître s'amarra au débarcadère du palais. Une fois la manœuvre terminée, Senenmout dévala la passerelle à toute allure, suivis de près par Nehesy et le *sémèntiou*.

Le grand intendant se dirigeait prestement au-devant de la femme roi, le cœur en feu et la peur au ventre… Était-elle la même? L'avait-elle oublié ou l'aimait-elle encore?

Les yeux d'obsidienne chargés d'amour croisèrent le regard noisette baigné de larmes.

Oui, rien ne semblait avoir changé, sinon que tout était plus fort, plus vrai, plus fou. Il leur fallut tout l'effort du monde pour ne pas se jeter dans les bras l'un de l'autre.

Les jambes flageolantes d'émotion, Senenmout tomba à genoux devant sa bien-aimée.
Elle l'accueillit avec un sourire extasié.

— Relève-toi, mon fidèle ami, lui dit-elle
d'une voix tremblante et fébrile, et viens me
raconter ton voyage !

— Il fut merveilleux, Majesté !

Soudain, sa voix se cassa. Il ne put en
dire plus et, comprenant son émoi, Nehesy
prit aussitôt la relève :

— Mais aussi extrêmement périlleux,
Majesté ! continua-t-il en se prosternant
devant elle. Pourtant, nous voici de retour
sans trop de pertes et, comme vous le pen-
siez, nous revenons comblés de richesses
infinies !

Puis se sentant obligé de venir en aide au
grand intendant, il lui donna une petite
claque amicale sur l'épaule et, le prenant
sous le bras, il le hissa sur ses pieds.

Après tout ce temps passé sur le bateau
et déshabitués de la terre ferme, ils perdirent
tous deux l'équilibre et trébuchèrent. Ce petit
incident détendit l'atmosphère, faisant éclater de rire la foule qui n'attendait rien d'autre
pour faire exploser sa joie.

Comme la matinée n'était encore qu'à
son tout début, la femme roi demanda que

l'on s'installât sous la tonnelle où les voyageurs la suivirent pour lui raconter leur périple vers la «Terre du dieu».

— Votre Majesté! s'exclama Nehesy pour pallier le mutisme persistant de Senenmout. Certes, ce fut un beau voyage, évidemment truffé de péripéties que nous avons vécues au fur et à mesure et, heureusement, affrontées les unes après les autres. Il faudrait des jours et des jours pour tout vous raconter. Aussi, aujourd'hui, je vous ferai une rapide description de notre itinéraire.

Dès que nous avons passé les deux premières cataractes, sans encombre grâce à la crue des eaux et aux vents étésiens[1], nous étions hors de nos frontières, déjà en terre étrangère.

À partir de cet instant, nous avons eu à subir quelques agressions de riverains, rapidement réprimées par notre petite armée, et nous avons ainsi pu continuer à voguer vers le sud. Arrivés aux abords de la quatrième cataracte, les choses se compliquèrent. Elle fut passablement difficile à franchir, les eaux avaient considérablement baissé et étaient devenues mauvaises. Le fleuve à cet endroit

1. Étésien : vent de Méditerranée orientale qui souffle du nord le long du Nil.

est tumultueux et les rapides sont dangereux, et nous n'avons jamais pu franchir la cinquième cataracte. Nous avons été obligés de mettre pied à terre pour hisser les navires à la force de nos bras. C'est avec des lianes arrachées aux arbres qui foisonnent dans ce coin, que nous avons réalisé cet exploit… Et, je peux vous assurer que c'en fut tout un. Nous avons campé sur les rives du Nil pendant quelques jours pour nous reposer de cet effort extrême que nous avions fourni pour sortir nos navires de cette passe dangereuse. Après ces deux ou trois jours de repos, nous avons pu reprendre le cours de notre voyage.

La nouvelle de notre cortège naval circulait le long des côtes parmi les peuples riverains et, lorsque nous passions, nous étions reçus avec hospitalité, mais surtout avec admiration, puisqu'ils nous acclamaient et saluaient en nous le pharaon que vous êtes.

Enfin, nous avons atteint ce que notre ami le *sémèntiou* a appelé l'Ouadj-our, ce lac immense qui n'existe que quelques mois par année au moment de l'inondation et qui disparaît à la décrue. C'est là que nous avons quitté le fleuve dieu pour voguer sur cette mer intérieure.

Les vents étésiens ne nous soutenant plus, la traversée fut longue et pénible. Une chaleur accablante s'était abattue sur nous et les rameurs, qui devaient redoubler d'ardeur, avaient besoin de se reposer plus souvent.

Inquiets, nous voyions les eaux se résorber à vue d'œil et il devenait impératif d'arriver au pays de Pount avant qu'elles ne soient totalement absorbées, ne laissant que de la boue où nos navires se seraient facilement enlisés.

Vous ne pouvez seulement imaginer les efforts que nos rameurs ont dû déployer… mais au bout du compte, nous y sommes parvenus et avons atteint un embranchement du fleuve Nil de l'autre côté d'Ouadj-our où nous avons pu amarrer.

Nous étions enfin au pays de la « Terre du dieu ».

7

LES RICHESSES DE POUNT

Maâtkarê-Hatchepsout était subjuguée par le récit, si bien que, tant qu'elle l'écouta, elle oublia la douleur de ne pouvoir se blottir dans les bras de son bien-aimé.

Nehesy ayant fait une pause dans son histoire, elle osa porter son regard vers Senenmout et ce qu'elle vit la laissa le souffle court.

La tête penchée, comme courbé sous le poids des ans, une souffrance indicible se dégageait de lui. Il leva lentement les yeux et son regard accrocha celui de la souveraine. Elle tenta de lui sourire mais ne put ébaucher qu'un rictus. Pourtant, ce geste, aussi infime qu'il fût, redonna de l'espoir et de la force à Senenmout et il put enfin lui sourire à son tour.

Nehesy avait repris son récit, que tout le monde écoutait :

— Nous étions enfin arrivés à destination et nous vîmes venir vers nous le roi Paréhou, sa femme et ses fils qui précédaient quelques autres personnes, dont nous apprîmes par la suite qu'elles faisaient aussi partie de la famille royale.

Curieuse, Maâtkarê-Hatchepsout demanda :

— Comment est-il ?

— Il est grand et mince, beau, majestueux et ses gestes sont pondérés. Il porte sur la tête une perruque à cheveux bouclés et sur le menton la *khébésèt*, la barbe à l'extrémité recourbée. Ce jour-là, il était habillé d'un pagne de couleur avec dans le dos «une queue d'animal cérémonielle[1]» accrochée à sa ceinture, sous laquelle un poignard avait été glissé. Son épouse, la reine Ity, les pieds nus tout comme son époux, était aussi présente et tous les deux, ainsi que leurs deux fils et leur fille, nous ont reçus en nous présentant les paumes de leurs mains ouvertes en signe de grande confiance. Bien qu'il ait été averti de notre arrivée, le roi manifesta de la surprise en me demandant : «*Comment êtes-vous arrivés ici ? Êtes-vous venus d'en haut[2], sur l'eau ou par voie de terre ? Y a-t-il un chemin pour se rendre vers To-méry[3], vers Sa Majesté,*

---

1. Les rois d'Égypte portaient aussi cette queue pour certains rituels
2. D'en haut : «du ciel».
3. To-méry : «Terre-aimée», nom que les habitants de Pount donnaient à l'Égypte.

car nous vivons du souffle qu'elle nous donne[1]? »
me faisant ainsi comprendre qu'il aimerait
venir dans notre pays.

Je lui ai raconté notre voyage et j'ai pu
lui transmettre vos remerciements de nous
accueillir aussi aimablement. Il a été fort
satisfait et nous a assurés que nous pouvions
rapporter les précieux produits de sa terre
pour vous parce que, a-t-il dit : « *il aime
Maâtkarê plus que tous les rois des premiers
temps, et cela n'arrivera jamais dans ce pays pour
d'autres souverains[2]* ».

Dès le soir même, nous avons participé
avec la famille royale à un banquet au cours
duquel nous leur avons offert tous vos
cadeaux pour leur bon plaisir : les chars et
les chevaux ; les tissus de lin et les soieries,
les potiches en albâtre remplies de fèves, de
pois chiches, de lentilles et autres graines ; les
cruches de bière de palme et de vin, d'huile
d'olive et enfin, la précieuse boutargue[3], que
seuls nos cuisiniers savent préparer avec du
pain au sésame.

1. Inscription sur les murs de *Djéser-djésérou*.
2. Inscription sur le mur du portique sud du
   deuxième niveau de *Djéser-djésérou*.
3. Boutargue : œufs de muge compressés, en
   égyptien *batarekh*.

Devant chaque cadeau que l'on déployait sous ses yeux, il s'exclamait comme un enfant. C'était un vrai plaisir d'observer cette façon toute juvénile de recevoir vos bienfaits.

Ce fut une soirée réjouissante qui nous a permis d'établir des liens d'amitié et de collaboration. Ainsi, avec l'accord du roi Paréhou et accompagnés de guides, nous avons parcouru le pays d'est en ouest dès les premiers jours et du sud au nord.

Majesté ! Comment vous raconter la beauté des forêts d'arbres à oliban se développant en escaliers[1] sur les flancs des montagnes, dont nous avons extrait des spécimens en faisant bien attention de ne pas détériorer leurs racines, ainsi que les palmiers à double tronc et les essences rarissimes que nous sommes heureux de vous rapporter. Comment vous raconter l'amabilité de ce peuple qui nous a accueillis avec tous les égards dus à Votre Sublime Majesté. Nous avons donc vécu avec eux plusieurs saisons, habitant dans des huttes sur pilotis recouvertes de paille, auxquelles on accède par des échelles. Leurs habitations sont ainsi édifiées, car à l'époque de l'inondation, l'eau monte jus-

---

1. Escalier : paliers construits dans la terre pour recevoir les plantations d'ânty.

qu'au premier palier. On ne peut alors circuler d'une maison à l'autre qu'en barque et attendre que les eaux se résorbent de nouveau pour pouvoir aller à pied sec.

Puis vint le temps de rentrer au pays. Nous avons donc procédé à l'embarquement des présents que le roi Paréhou vous a envoyés et que nous pourrons déposer à vos pieds lorsqu'ils seront débarqués. Mais laissez-moi ajouter que nous ramenons non seulement des richesses telles que vous l'entendez, mais aussi des familles entières de Khébéstious qui ont voulu immigrer dans le pays de la plus grande femme roi connue du monde et, pour votre plus grande gloire, les fils, princes héritiers du roi Paréhou, qu'il vous envoie en signe de sa très grande et honorable amitié.

— Où sont-ils? demanda Maâtkarê-Hatchepsout en les cherchant du regard.

— Ils ne sont pas encore descendus du vaisseau, Majesté, car il faudrait les recevoir avec tous les égards dus à leur rang de fils de roi.

— Au cours d'un banquet qu'il nous faudra préparer en leur honneur? demanda-t-elle.

— Comme il plaira à Votre Majesté, mais certainement de manière plus diplomatique

que cette rencontre impromptue. Ils ne se montreront devant vous que lorsque vous les accueillerez en véritable délégation…

Maâtkarê-Hatchepsout était certes impatiente de connaître la fin de l'histoire, mais en tant que roi d'Égypte, elle se devait de montrer une certaine retenue. Aussi, faisant taire son ébullition intérieure, elle proclama la séance levée.

— Prince Nehesy! Je te remercie pour cette belle histoire! Je suis certaine qu'il y a encore bien des choses à raconter. Cependant, il y a aussi fort à faire pour organiser la réception. Il nous faut donc nous séparer pour le moment afin de tout mettre en place. Nous connaîtrons le reste de cette fabuleuse aventure quand vous aurez pris un peu de repos et que nous nous retrouverons au banquet de demain soir.

Nehesy et le *sémèntiou* se retirèrent pour s'occuper du débarquement et du déchargement des merveilles ramenées de leur voyage.

Quand Senenmout voulut les suivre, la souveraine s'interposa:

— Senenmout, dit-elle, j'aimerais que tu m'accompagnes dans ma salle de travail.

Puis se tournant vers Menkhéperrê, elle lui demanda d'aller à la rencontre des fils du

roi de Pount pour les installer immédiatement dans une des villas avec vue sur le
fleuve, aménagées pour les besoins de la
diplomatie dans les jardins du palais.

Dans la salle de travail dont la porte était
maintenant refermée sur eux, ils se retrouvèrent enfin seuls.

Le cœur battant follement, Senenmout
s'agenouilla devant sa souveraine et attendit
humblement qu'elle daigne s'exprimer.

Pendant quelques instants, il ne se passa
rien. La femme roi se tenait droite dans un
silence absolu tandis que Senenmout était
toujours à ses pieds.

Puis sans qu'un mot soit dit, elle refit le
geste familier de caresser son crâne rasé de
la paume de sa main.

Ce fut comme un déclic… Il la prit par
la taille pour l'attirer vers lui, elle tomba à
genoux à ses côtés et ce fut comme si le temps
de la séparation n'avait pas existé…

Les serviteurs s'affairaient activement à
la préparation du banquet que Maâtkarê-

Hatchepsout avait ordonné de tenir pour fêter le retour de l'expédition. Il fallait que tout soit parfait pour recevoir comme il se devait la délégation du roi Paréhou. Les premiers instants d'extase passés, elle évaluait l'ampleur du succès de cette aventure.

Indubitablement, le roi de Pount était devenu son ami et l'avenue commerciale entre les deux pays était maintenant grande ouverte.

Au cours de ces journées mémorables vécues dans l'euphorie, la nef de tête avait fait place aux autres navires qui s'amarraient les uns après les autres au débarcadère royal pour décharger les richesses destinées aux deux rois. Malgré la fatigue du voyage, Nehesy et le *sémèntiou* continuaient à surveiller le débarquement en donnant des ordres concis et précis.

Le palais était en effervescence.

La cérémonie de remise des cadeaux devait se dérouler dans les jardins, sur une estrade surmontée d'un dais, et elle serait suivie du banquet donné dans la salle de réception du palais.

Dans les cuisines, les serviteurs se bousculaient en essayant de ne pas se marcher sur les pieds tandis que dans les jardins, les marteaux et les pics résonnaient, car les jardiniers se dépêchaient de suspendre aux branches des arbres et des arbustes les dernières lanternes et les fanions aux couleurs des deux pharaons.

Une même fébrilité s'était emparée des appartements royaux. Dans la chambre de Maâtkarê-Hatchepsout, qui avait retrouvé sa joie de vivre, les suivantes s'occupaient de la parer et Néférourê, dans la chambre de qui régnait une atmosphère de joie mal contenue, demandait à ses servantes de la rendre aussi belle que sa mère.

Enfin, tout fut prêt...

Les gens du peuple, venus des villes avoisinantes pour le mariage du jeune roi et se trouvant encore sur les lieux, décidèrent d'y rester pour assister à ces nouvelles festivités. Ils se massaient sur les rives et aux abords des jardins sans pouvoir toutefois pénétrer à l'intérieur de l'enceinte royale réservée aux dignitaires et aux invités. Tout comme quelques jours auparavant, le fleuve fourmillait d'embarcations dans lesquelles les curieux s'entassaient au risque de les faire chavirer.

Maâtkarê-Hatchepsout sortit dans les jardins du palais entourée de sa famille, du grand intendant, Senenmout, et du grand-prêtre, Hapouseneb. Avec solennité, ils se dirigèrent vers le dais. Dès qu'ils se furent installés, le prince Nehesy et la délégation de la « Terre du dieu » se mirent en marche vers eux.

Nehesy se prosterna et déclara d'une voix tonitruante :

— Vos Divines Majestés me permettront de leur présenter les fils de Sa Majesté Paréhou qui se feront un honneur de vous offrir les cadeaux que le roi de Pount vous envoie !

Deux hommes d'un noir d'ébène, si grands de taille qu'ils provoquaient sur leur passage des regards éberlués, habillés avec élégance de soieries aux multiples couleurs, marchaient dignement vers les deux pharaons. Enfin arrivés au pied de l'estrade, les deux princes joignirent leurs mains devant leur poitrine et se penchèrent.

L'expression de leur visage ne pouvait dissimuler la grande admiration qu'ils éprouvaient pour la souveraine. Touchée par tant de naturelle franchise, elle leur sourit, fait exceptionnel, et une clameur s'éleva de la foule réjouie.

Une dizaine d'hommes noirs portant sur la tête des plumes d'autruche suivaient les deux princes et saluèrent à leur façon.

L'aîné des princes prit enfin la parole que le *sémèntiou* ne tarda pas à traduire :

— *Salut à toi, ô souveraine de To-méry, soleil féminin qui brille dans le globe d'Amon-Râ*[1] ! dit-il. Voici les cadeaux que notre père, le roi Paréhou, t'envoie…

Alors, pour la plus grande gloire de la femme roi, il fit défiler un à un les présents qu'il faisait déposer à ses pieds en les commentant :

— Voici les essences rares de la « Terre du dieu » : de l'encens, de la myrrhe, de l'oliban, de la résine de térébinthe et de l'antimoine… voici… du bois d'ébène et du bois de cinnamome ainsi que de l'or et de l'argent… voici… de l'ivoire de défenses d'éléphant… voici des lévriers blancs très rares, des babouins, des oiseaux au plumage coloré dans leur cage, ainsi que des oiseaux qui chantent et des perroquets qui parlent… voici des couvertures de peaux traitées de rhinocéros, d'éléphants et de panthères…

Ici, il fit une pause, puis, se tournant vers son frère, il lui fit un signe. Ce dernier se mit à parler à son tour alors que le *sémèntiou* s'évertuait à traduire :

— Majestés ! Veuillez accueillir des couples d'éléphants, de girafes, de zèbres et de gnous…

---

1. Inscription sur le mur de *Djéser-djésérou*.

193

Au fur et à mesure qu'il les nommait, les animaux défilaient devant les yeux émerveillés de l'assistance.

Deux hommes noirs étaient assis sur le cou des éléphants et les dirigeaient à coups de talon derrière leurs grandes oreilles; devant l'estrade, ils levèrent leur trompe et barrirent, à la grande joie de la famille royale. Les hautaines et majestueuses girafes apparurent à leur tour en observant la foule d'un regard dédaigneux, puis les zèbres et les gnous, menés par des licous…

Le prince aîné se déplaça avec lenteur vers un bosquet et réapparut, tenant en laisse un couple de guépards.

— Voici, reprit le cadet des frères, des guépards apprivoisés et dressés pour chasser…

Menkhéperrê ne put retenir un cri d'admiration lorsqu'il les vit s'avancer vers l'estrade d'une démarche souple et féline.

Sur un signe du dompteur, ils s'assirent aux pieds de la femme roi et attendirent d'être caressés. Mais elle n'osa pas les toucher et l'homme noir s'approcha pour leur gratter le haut de la tête, lui montrant comment faire.

Maâtkarê-Hatchepsout ne pouvait croire tout ce qu'elle voyait. Son visage rayonnait de bonheur et de fierté, et lorsqu'elle osa poser ses mains sur la tête des guépards, il y eut un tonnerre d'applaudissements.

Ne se retenant plus, elle descendit de son trône:

— Pharaon est satisfait, déclara-t-elle tout haut.

Un hurlement d'exaltation fusa dans l'assemblée.

— Vive Pharaon éternellement!

Certains voulaient voir les animaux de plus près et un grand désordre s'ensuivit tandis que les dompteurs conduisaient les animaux vers le zoo du palais.

Les souverains se retirèrent dans leurs appartements afin de s'apprêter pour le banquet.

Dans la salle du trône, décorée pour la grande fête et illuminée presque comme s'il faisait jour par des milliers de bougies et de lampes à huile, les notables et les dignitaires invités attendaient l'arrivée de la famille royale. Trois coups de gong retentirent et un héraut annonça en criant:

— Maâtkarê-Hatchepsout-Khénémet-Imen! Touthmôsis-Menkhéperrê et la grande épouse royale Néférourê!

Le jeune couple entra en premier et s'installa sur les trônes placés en hauteur.

Et, lorsque Maâtkarê-Hatchepsout apparut à la porte de la salle, l'assemblée l'accueillit dans un silence abasourdi. Elle était habillée de la tenue pharaonique, tenant la crosse et le fléau croisés sur sa poitrine recouverte du pectoral divin.

Mais ce qui laissa l'assistance médusée, ce fut la barbe conique du pharaon qui prolongeait son menton volontaire, insigne phallique de sa virilité dont seuls les hommes pouvaient se parer.

Un murmure s'éleva dans la salle et aussitôt, d'un seul mouvement, l'assemblée entière se jeta à terre aux pieds de la divinité absolue.

Elle se déplaça lentement au milieu de ces corps accroupis et alla rejoindre Menkhéperrê et Néférourê sur l'estrade.

Laissant s'écouler quelques instants, la femme pharaon donna l'ordre de commencer les réjouissances.

Les musiciens et les danseuses entrèrent en scène et donnèrent un spectacle ravissant. Les mets défilaient les uns après les autres, mais les plus savoureux furent sans nul doute la chair d'hippopotame, qui répandit dans la salle son fumet appétissant, et le fameux foie gras dont la femme pharaon ne pouvait plus se passer.

Même si de par ses fonctions, la coutume ne voulait pas que Senenmout soit à ses côtés, il n'était pas assis très loin d'elle et la dévorait des yeux.

Quant à elle, déplorant cet état de fait, elle se leva sous le coup d'une impulsion soudaine et s'exclama dans le silence qui se fit quand on la vit se lever :

— Senenmout ! Pour avoir mené à bien cette expédition qui a été le grand défi de mon règne, je te nomme prince héréditaire du royaume d'Égypte. Tu peux venir t'asseoir près de moi.

Rouge de confusion et d'une joie mal contenue, il se déplaça lentement pour aller la rejoindre.

Alors, l'assemblée se leva pour se prosterner à ses pieds.

La soirée se déroula dans l'euphorie.

Puis, Maâtkarê-Hatchepsout prit dans ses mains de la résine d'oliban et de l'huile d'électrum[1] et, avec frénésie, elle en enduisit ses membres. On put voir sa peau se transformer en lumière.

Elle brillait comme les étoiles et, fermant les yeux, elle respira le parfum du souffle

1. Électrum : alliage naturel d'or et d'argent.

divin de l'électrum, sous les yeux extasiés de l'assistance et le regard attendri de Senenmout.

Quel spectacle extraordinaire!

Maâtkarê-Hatchepsout-Khénémet-Imen avait atteint le but ultime de son existence...

ÉPILOGUE

Maintenant que Hatchepsout avait prouvé à son peuple, aux peuples étrangers et à la terre entière qu'une femme pouvait régner sur un pays tout comme un homme, elle se retira de l'autre côté de la rive avec son amour retrouvé, laissant à son neveu Thoutmôsis III les rênes du pouvoir, mais lui permettant de la consulter pour les grandes décisions.

Thoutmôsis III fut un grand roi. Néférourê régna auprès de son époux quelque temps, puis elle disparut mystérieusement de l'Histoire. C'est Mérytrê-Hatchepsout qui la remplaça à titre de grande épouse royale.

Senenmout continua à travailler auprès du nouveau pharaon.

NOTE DE L'AUTEURE

La momie de Hatchepsout a été identifiée au début de l'année 2006 parmi plusieurs autres qui reposaient depuis des décennies au troisième étage du Musée du Caire en Égypte. Cette déclaration a été faite par M. Zahi Hawwas, secrétaire général du Conseil suprême des antiquités, lors du discours d'inauguration de l'exposition sur Hatchepsout au Métropolitan Museum de New York (2006).

Une dizaine de cartouches en or ont aussi été découverts récemment, révélant que Thoutmôsis III avait vécu en bonne intelligence avec sa tutrice Hatchepsout, démentant une ancienne croyance qui voulait que des statues et certaines fresques murales représentant la femme roi apparaissant vêtue en habit de pharaon aient été effacées ou martelées par ordre de Thoutmôsis III après le décès de celle-ci. Cette nouvelle découverte faite au cours de la rédaction de ce livre est venue corroborer mon récit.

TABLE DES MATIÈRES

Les titres de la collection Atout

* Lecture facile   ** Lecture intermédiaire   *** Lecture difficile